# エゴイスティック・エロティック

庫BLACK

水戸 泉

エゴイスティック・エロティック　もくじ

イラスト／南国《なんごく》ばなな

# 1

埃《ほこり》のように頼りなく雪が舞い落ちるのを、柴崎陸《しばざきりく》は病室の窓から見ていた。消毒液の匂いが鼻腔に触れる。空調は完璧で寒さは感じないが、目に映る景色の寒々しさは如何《いかん》ともし難《がた》い。

見舞いを終えて、個室から出てきた陸を、長身の男が出迎える。

男は、優しく陸に尋ねた。

「如何《いかが》でしたか、親父《おやじ》さんは」

「……ああ」

と、答え、陸は目を伏せた。

「あんまりよくないみたいだ。少し、痩《や》せた」

「……そうですか」

男は重すぎず、しかし決して軽くもない口調で答え、陸の肩にコートをかけた。馴れた手つきで陸に袖《そで》を通させる。

「戻りましょう」

男の手が、陸の背中に添えられる。陸は頷《うなず》き、男とともに病院の廊下を歩いて行った。長い廊下の途中で擦《す》れ違った女性看護師が、ちらちらと二人を振り返る。それに気づいた陸が、さりげなく男から躰《からだ》を離す。

が、いくらさりげなさを装っても、男は陸の行動を見逃さない。それがどれほど小さなサインでも。

「なんです？」

わかっていながら、わざと男は陸に聞いた。陸が、少しふて腐れたように前を見据えたまま答える。

「お前といると、目立つ」

「すみません」

「別に……お前のせいじゃ、ねえけど」

男が素直に謝るから、つい陸も甘くなる。しかし彼と——甲田秋信《こうだあきのぶ》といると、否応なく注目を集めてしまうことは事実だ。

彼こと甲田秋信は、陸の祖父である柴崎守雄《もりお》が経営する柴崎興産の専務取締役だ。大学生の陸には会社の仕組みなどよくわからないが、秋信の年で専務というのが珍しいことくらいはわかる。秋信はまだ、三十五歳だ。

百九十センチ近い長身だけでも目立つのに、顔も役者のようだから、余計に目立つ。切れ長の目とすっと通った鼻梁《びりょう》、彫刻のように綺麗な頬《ほお》の線は、陸の目から見ても美しく、精悍《せいかん》だ。その精悍な右頬には、一筋の疵痕《きずあと》があった。

彼の顔を指して「役者のようだ」と評したのは、今この建物に入院している陸の祖父、守雄だった。

邦画、特にヤクザ映画が好きな守雄は、ヤクザ映画の二枚目役を地でいくような秋信の容姿を「ええなあ」と頻《しき》りに褒《ほ》めていた。

その守雄のことを、秋信はプライベートでは『親父さん』と呼ぶ。ヤクザ映画も何も、守雄は二十数年前まで本物の極道だった。それを、表向きまともな企業に変えただけのことで、親の代から守雄に仕えていた秋信は、習慣なのかこだわりなのか守雄を『親父さん』と呼び続けている。

他の組員、否、社員も、古参《こさん》の者は皆、守雄をそう呼ぶ。さしずめ秋信の立ち位置は、若頭《わかがしら》というところか。

雪のちらつく駐車場で、陸は秋信がドアを開けてくれた車の前で立ち止まった。

「ドアなんか自分で開けるって言ってるだろ」

「ケジメですから」

陸の不満を、いつもと同じ言葉で秋信は受け流す。それ以上の討論はしたくないから、陸も黙ってベンツの助手席に乗りこんだ。

柴崎興産『若頭』甲田秋信は、十年前から陸のボディガード兼教育係も兼任している。陸の祖父である守雄の下命であったが、秋信本人からの希望もあったという。

秋信は二十年前、今は亡き父、海《かい》のボディガードを弱冠十五歳で務めていたという。

陸は祖父である守雄にねだってその頃の写真を一度だけ見せてもらった。二十年前といえば陸が生まれる前のことで、陸の父である海は二十一歳、秋信は十五歳であったはずだ。二十一歳のボディガードを十五歳が務めるなんて、と陸は当初怪訝《けげん》に思ったが、写真を見て「なるほど」と納得した。

海は、今の陸よりもよほど若く見え、なんだか儚《はかな》げにも見えた。それに比して秋信は、今と背丈も変わらず、威風堂々としていた。

否、若い分だけまだ尖《とが》っていて、今よりも剣呑《けんのん》な迫力に満ちていた。頬の傷はその写真を撮った当時にはまだなかった。

秋信の頬の傷について陸は何度か本人に尋ねたが、「転んで硝子《がらす》で切ったんですよ」などと適当にはぐらかされた。もちろん陸は、そんな方便など信じてはいない。

秋信は陸のことを「坊ちゃん」とか「陸さん」と呼ぶ。「陸でいい」と陸自身が言っても、やはり秋信は「ケジメですから」と言って聞かない。

陸が秋信と初めて出会ったのは十年前、十歳の時だった。

陸の両親が、相次いで亡くなった直後だ。両親の結婚は、祝福されないものだったという。特に陸の祖父である守雄の強い反対に遭い、海は女を、つまり陸の母親を連れて駆け落ちした。

二十歳そこそこで、さらに病弱でもあった陸の父、海のその後の暮らしは、決して安泰ではなかった。それは陸も、つぶさに見て知っている。陸が生まれてから十歳になるまで、家族の暮らしは困窮《こんきゅう》を極めた。

最初に父が、次いで母が病に斃《たお》れ、陸は独りになった。酷《ひど》く淋しい葬儀の会場に、祖父の守雄と秋信が現れた。

守雄は、十年ぶりに対面できるはずだった息子の遺影を見て泣いた。自分が追いつめて死なせてしまったのだと呟《つぶや》いた。

病弱で線の細かった海は、一代で財を成した豪傑《ごうけつ》の守雄からすれば、期待外れの息子だったのだろう。

海自身も父親の期待に応《こた》えられない自分を責めていたと、後に陸は親戚の者から聞いた。そうして擦れ違った親子は和解することなく結末を迎えた。

そのことを守雄は、悔やんでも悔やみきれない様子《ようす》だった。だからこそ、陸を引き取って育てたいのだと言った。守雄は亡き一人息子によく似た陸を、初対面の時から殊《こと》のほか可愛がった。

しかし陸はその厚意を、素直には受け容れられなかった。

陸は母親から、祖父、守雄のことをあまり良く聞かされていなかった。結婚を反対されたことが、陸の母親にとっては根深い蟠《わだかま》りとなっていたのだろう。

幼い陸の中では、守雄は病弱な父を追い出した極悪人としてイメージされていた。

その祖父が「うちへ来い」と言うのだから、十歳の陸は当然、抵抗した。「孤児院に行く！」と言い張り、文字通り柱にしがみついた。なんだか鬼のいる島へ連れて行かれるような恐怖を感じたのだ。

それに、守雄といっしょに来た男のことも陸は怖かった。見上げるほど背が高く、黒いスーツを着た強面《こわもて》の彼は、陸がテレビなどで見てイメージするヤクザそのものだった。彼こそが後に陸の教育係兼ボディガードとなる、甲田秋信だった。

柱にしがみつく陸を見て、守雄はひたすら困っていた。その後ろから、秋信は長い腕をひょいと伸ばした。

『失礼仕《つかまつ》ります』

子供相手に、妙に丁寧な口調でそう断って、秋信は陸を柱からいとも簡単に引《ひ》き剝《は》がした。

『ひゃっ!?』

仔猫のように軽々と抱えられ、陸は葬儀場の外へと運ばれた。抱えられたままじたばた

と暴れる陸を、守雄が心配そうに見ていた。

『離せ、離せよ！　人さらい！』

そのまま駐車場へと運ばれた陸は、ずらりと居並んだ黒い服の男たちを見て凍りついた。葬儀場内に入ることを許されなかった（というか、狭くて入れなかった）他の組員、否、社員たちが、一斉に秋信と守雄に頭を下げた。

陸はぐっと涙を堪《こら》え、彼らをきつく睨《にら》みつけた。そんな陸を抱えてリムジンの後部座席に乗りこむと、秋信は声を殺して笑った。

『さすがは海さんの子だ。強くていらっしゃる』

『……ッ……』

声もなく陸は、唇を噛み締めた。

『海さんの子だから強い』と言われたのは父を褒められたようでうれしかったが、だからって彼に懐《なつ》く筋合いはない。

絶対に逃げ出してやる、と決意を新たにした陸を、車は柴崎本家へと運んでいった。

そうして無理矢理柴崎本家に連れて来られた陸は、誰にも懐かなかった。守雄が自分に甘いのをいいことに、子供ながらに暴挙の限りを尽くした。

守雄は、息子を勘当《かんどう》してしまった負い目があるせいか、どうしても孫である陸を叱《しか》ることができなかった。

広い屋敷には女のお手伝いさんが一人いるだけで、陸を叱る者はいなかった。守雄は仕事が忙しく、夜にならないと戻れない。陸は学校にも行かず、家を荒らし、お手伝いさんをいじめることに専念した。そうすればこの家から出られるはずだと、幼いなりに考えてのことだった。

陸のひどい悪戯《いたずら》に音を上げて、お手伝いさんはすぐに皆、やめた。五人目のお手伝いさんがやめた時、守雄はついにある覚悟を決めた。

陸に『教育係』をつけることだ。

斯《か》くして柴崎家に、秋信がやって来た。家具を壊し、食事をひっくり返す陸の尻を、秋信は一度だけ叩いた。

『ひっ……！』

ただでさえ迫力に溢《あふ》れる秋信に叩かれて、陸は身も凍るような恐怖を感じた。その手は大きく、絶対的に強力で、陸の躰を萎縮《いしゅく》させた。

が、その時陸はまだ、秋信を舐めていた。

自分は全社員の上に立つ祖父、守雄の庇護《ひご》を受けているのだという驕《おご》りがあった。秋信だってどうせ今までここに来た大人たちと同じように、自分のことを本気で叱ったりはしないだろう、と。

『おまえなんか、怖くもなんともない！』

そう嘯《うそぶ》いて、陸は家を飛び出した。本音を言えば秋信のことが怖かったから、家にはいたくなかった。

どうにかして一刻も早く、あの家から逃れたかった。

陸は、意地になっていた。いくら優しくされても、両親を一度に亡くした傷は容易には癒《い》えなかった。

衝動的に陸は、近くのコンビニに飛びこんでわざと目立つように万引きをした。店員に捕まっても陸は謝らず、不貞不貞《ふてぶて》しい態度を取り続けた。

そうすれば警察に引き渡され、柴崎家の者たちに見捨てられるだろうという浅はかな計算があった。

警察に迎えに来たのは、秋信だった。地域課の刑事と、妙に親しげに話していたのを覚えている。

陸は秋信に引き取られ、柴崎家に連れ戻された。

家に着くと秋信は、和室に陸を正座させ、説教した。

『あなたのしたことは泥棒です。反省してますか？』

泥棒がいけないことだという程度の分別は、十歳の陸にもあった。

それでもその時の陸は幼すぎて、父、母の『仇』である彼らを困らせることのほうに傾倒していた。

目の前にいる男は陸にとって、祖父、守雄を筆頭に父親を苦しめた一派だ。そう信じる陸は、容赦《ようしゃ》なく罵《ののし》った。

『おまえらなんか、ヤクザだろ！』

『昔はそうでしたが、今は違います』

『おんなじだよ！』

『もしも永遠に罪が赦《ゆる》されないなら』

秋信は、子供相手でも大人と変わらない口調で話した。もしかしたら陸だけが特別なのかもしれないが。

『あなたが今日犯した窃盗《せっとう》という罪も、永遠に赦されないという理屈になる。人の過去を責めるというのは、そういうことです。必ず自分に跳ね返る』

陸はぐっと言葉に詰まった。秋信は膝《ひざ》を立て、立ち上がろうとした。

『しかし、謝罪することはできます。さ、店へ謝りに行きますよ』

『行かない』

陸はぷいと横を向いた。

秋信は別段落胆した様子もなく、淡々と続けた。

『どうしても、聞き入れてはもらえませんか』

『聞かない』

『では、致し方ありません』

秋信は一人で立ち上がり、部屋から出て行った。その隙《すき》に陸は逃げ出したかったが、腹が減っていたため先に何か食べようと思い台所に向かった。

そこで秋信と鉢合《はちあ》わせた。

『ああ、ちょうどよかった』

秋信は手に、俎板《まないた》と包丁、それにタオルを持っていた。が、食材は一切用意していないから、料理をするという気配でもない。

包丁を持って佇《たたず》む秋信の姿は、陸を怯《おび》えさせた。今、自分はこの妙な迫力を持つ男に、多大な迷惑をかけた上に無礼も働いたという自覚があった。まさか……と陸の背中に冷や汗が流れる。

『こちらへ』

と、秋信は陸を和室へと連れ帰った。

恐怖のあまり、陸は逆らえなかった。

秋信は俎板を畳《たたみ》に置き、自身の左の袖を捲《まく》った。それから口にタオルを銜《くわ》え、動脈の辺りを縛った。

何をするのかと呆然と見守る陸の前で、秋信は自身の左手を俎板の上に載せ、包丁を手にした。そして。

『……ッ……！』

陸は、悲鳴もあげられなかった。

包丁が、ダンッ、と俎板を叩いた。包丁と俎板の間には、秋信の指があった。小指の第一関節が、綺麗に切断され、血にまみれて転がった。

秋信は、ふう、と一つ息を吐くと、小指を拾い俎板の上に載せ、恭《うやうや》しく陸に頭を下げた。

『坊ちゃんが頭を下げられないのでしたら、これでケジメと致します』

『な……な……に……ッ……』

『坊ちゃんの指を詰めさせるわけにはいきませんから』

陸は、恐怖に震撼《しんかん》した。

まさかこの男は、陸が何かをするたびに指を落とすつもりなのかと。とんでもないことだと陸は怯えた。

もともと陸は、他人の痛みに鈍感な子供ではなかった。むしろ過敏なほどであったから、両親の死を受け容れられなかったのだとも言える。

がたがたと震える陸の前で、秋信は簡単に止血をし、取れた指を白い布で包んだ。どうにか陸は声を出した。

『や、やめろよっ！』

陸は、その白い布に飛びついた。白は、両親の死に装束を思い起こさせるから、嫌いだった。

『指！ すぐ、病院……ッ……ま、まだ、くっつく、かも……っ』

『店への謝罪が先です』

懸命に言い募る陸の提案を、秋信は却下した。

『さ、行きましょう』

『行くっ！ 謝りに行くよ！』

秋信の腕にしがみついて、陸は叫んだ。

『だからその前に、病院へ行って！ その後すぐ、謝りに行くから！ 病院に行って！』

秋信は意外そうな顔をして、少し考えた。その間にもずっと陸は『病院へ行って！』と喚《わめ》き続ける。

『仕方ありませんね』

痛みなど微塵《みじん》も感じさせない笑顔を、秋信は陸に向けた。

『今回だけですよ？』

秋信の大きな手が、陸の頭を撫《な》でた。もちろん、血の流れていない右手のほうで。

先に病院に行って指の接合手術を受け、秋信はその足で陸を連れ、件《くだん》のコンビニへ謝罪に赴《おもむ》いた。医者からは一週間は安静にするように言われていたが、秋信は笑顔でそれを拒絶した。向かった先のコンビニでは、店長が明らかに秋信に対して怯えており、早々に帰された。

帰る道すがら、手に包帯を巻いたままの秋信は陸に言った。

『許してもらえて、よかったですね』

『……あれ、許してもらえたって言うのか…？』

子供心に陸は理不尽《りふじん》に感じた。

『おまえのことを、怖がってただけじゃん……』

『だとしたら遺憾《いかん》ですね』

『いかんってなに』

『残念だ、という意味です』

『ふうん』

そうして家に着いた途端、陸はぽろぽろと泣きだした。

『なんで、父さんも母さんも死んじゃったんだよ……？』

ここへ来て初めて、陸は本音を吐露《とろ》した。

『誰が悪いんだよ……？　どうすればいいんだよ……⁉』

『私が悪いんです』

秋信が、陸の前に片膝をついた。

『そういう時は、私を責めて下さい。いくらでも償《つぐな》いますから』

『……うそだ』

父と母の死に関して、秋信に非があるわけがないことくらいは子供の陸でもわかった。二人は病死したのだし、その間、秋信は二人に会ってもいないはずだ。二人の死に、関与しているはずがない。

同時に陸は、本当は守雄が悪くないこともわかっていた。

ただ、気持ちの整理ができなかったのだ。遣《や》り場のない怒りを、陸は秋信の胸を叩くことで晴らした。秋信の胸板は厚く、陸がいくら叩いてもびくともしなかった。そのことが陸を少し安心させた。

そうして十年の時が過ぎ、今へと至る。陸は、隣でハンドルを操る秋信の左手をじっと見つめた。

外科医の腕がよかったのか、関節の辺りでちょうど綺麗に切断されていたためか、今ではすっかり疵痕も見えない。

あの時も冬だったと、雪がちらつくと否応なく陸は思い出す。

運転しながら秋信が聞いた。

「例のこと、まだ何かおっしゃってましたか」

「……ああ」

陸は、窓の外に目を逸《そ》らした。

「言ってた。本気みたいだ」

これもまた重くもなくしかし軽くもなく、秋信は答える。

「そうですか」

陸はしばらく、押し黙った。

老いたせいか、或いは、病のせいか。守雄は、近頃酷く弱気になった。

守雄の病のことは、守雄自身には告知されていない。胃癌《がん》であり、手術と抗癌剤による治療が上手《うま》くいかなければ余命幾ばくもないことを、陸は秋信の口から聞いた。陸はそれを聞いた時、「そうか」としか答えられなかった。

会社や家のことはすべて秋信が取り計らってくれるから、その点に関する心配は要らない。だから陸はゆっくりと、祖父、守雄について考える余裕を持つことができた。

十歳で引き取られて以来陸は、守雄にはまったく心を開かなかった。陸が心を開いた相手は、秋信だけだ。

そのことを守雄は悲しがっていたが、だからといって陸を責めたりはしなかった。陸がどれほど冷たく接しても、陸に対する愛情を惜しまなかった。

その祖父が逝《い》こうとしていることに、陸は激しく動揺していた。

本音を言えば陸は、守雄のことを嫌いではなかったのだ。父を勘当した仇だと信じこんでいたのは十歳の時までで、その誤解はとうに解けていた。守雄だけが悪かったのではないことくらい、陸は理解している。

にも拘《かか》わらず守雄に対して素直になれなかったのは、一度張ってしまった意地を、そう簡単には覆《くつがえ》すことができなかった所為《せい》だ。守雄が悪くないことはわかっていた。けれど陸の心は、まだどこか幼かった。

自分が守雄と和解することは、亡き父母、特に守雄を憎んでいた母を裏切ることになりはしないか。そんな奇妙な不安があった。理性ではそんなことはないとわかっていても、感情が許さなかったのだ。

もう少し大人になれば、守雄に対して自然に接することができるのではないかと陸は自分自身に期待していた。

もう少し、時間が欲しかった。大人になるための時間が。しかし時はもうそれを許してはくれないようだ。

守雄が逝くかも知れない。

その守雄が、陸の手を痩せた手で握って頼むのだ。

『曾孫《ひまご》の顔が見たい』と。

（そんなこと……急に言われたって……）

陸は戸惑うばかりだった。陸はまだ二十歳になったばかりなのだ。この年齢で曾孫の話をされても、ピンと来るはずがない。

そのことを秋信に話すと、彼は陸の予想通り「気にすることはありません」と言ってくれた。

「親父さんは病気の所為で気弱になってらっしゃる。手術をすれば治る可能性のある病なんです。今はそのことに希望を持ったほうがいい」と。

しかし陸は、どうしても納得ができなかった。

秋信の慰めに対してではなく、自分自身に対してだ。

愛情を受けるばかりで、何も返して来なかった自分に対して。

(俺にできること……)

それを陸は考えた。入院している守雄のために、自分ができることを。

足繁《しげ》く見舞いに通った。お見舞いの品を贈ったりもした。不器用ながらも、なんとか守雄を喜ばせようと会話もした。

しかしどれも、守雄が今まで自分にくれたものに対してはとても足りない気がした。陸は、守雄を喜ばせたかった。最大限に安心させたかった。

だから今日、陸は思い切って守雄に言った。

『じいちゃんの決めた女と結婚する』と。

守雄は最初大いに驚き、『いいのか』と陸に何度も確認した。陸ははっきりと頷いた。一度口にしたことを覆《くつがえ》すなどという卑怯《ひきょう》な真似《まね》はしたくなかった。

驚いた直後に守雄は、歓喜した。陸が結婚すると言ったことと、『じいちゃんの決めた女と結婚する』と言ったことに。

思えば守雄の葛藤《かっとう》は、息子である海が守雄の意にそぐわぬ女と駆け落ちしたことから始まっていた。そのどうしようもない過去を、陸が守雄のために償う。守雄がそれを、喜ばないはずがなかった。

守雄がなぜ息子の嫁取りにそこまで拘泥《こうでい》したか。

理由は、守雄の過去にあった。守雄には幼少期から親しくしている親友がおり、仕事上でもお互いなくてはならない取引先となっていた。守雄はその一族と、血縁を結びたかったのだ。

もちろん今となっては、守雄はそのことを半ば諦《あきら》めていた。自分がそのことに拘《こだわ》った所為で海は駆け落ちし、不遇の死を遂げた。そのことが守雄の目を覚まさせた。だから守雄は陸には何も強要しなかった。

それでも、陸が自らそうすると言うのであれば、守雄が喜ばぬはずがない。病床から即座に電話を引き寄せて、陸の見合いについてあれこれ指示を出し始めた。

そのあまりの熱意に陸は病が悪化するのではないかと懸念《けねん》して止めたが、守雄は聞かなかった。

　こうして陸は、引くに引けなくなった。

　そのことを今、陸は秋信に告げた。

「見合い、することにした」

　一瞬秋信が、意外そうな目で陸を見た。

　陸は車窓の外に視線を定めたまま、続けた。

「じいさんがすごく喜んでた。だから、これでいいと思う」

「そうですか」

　平素と変わらぬ冷静さで答える秋信の声に、陸はちくりと胸の痛みを感じたが、完璧に押し殺した。

「これからが大変だな。いきなり孫って言われてもさ」

「子供が産まれるには、最短でも十ヵ月はかかりますからね」

　煙草《たばこ》を吸ってもいいですか、と秋信は付け加えた。陸は許可した。

「これはすぐに仕込まないといけませんでしょう」

「……仕込むとか言うなよ」

「失礼」

　憮然《ぶぜん》と言う陸に、苦笑しながら秋信は謝った。手術が成功しなければ、守雄の余命は一年もないと言われている。秋信の言は、決して下品な冗談などではなかった。守雄には、時間がない。

千切《ちぎ》れた布のような綿雪を、陸は車の窓越しにじっと見つめた。一昨年の今頃は、大学受験の真っ只中《ただなか》だった。そんな陸にとって、見合いだとか子供を作るだとかは、どうしても遠い未来の話にしか思えない。

けれど、やるしかないのだ。

「……できるかな」

ふと呟いた独り言を、秋信は聞き逃さない。

「何をです？」

「……あ、いや」

思わず頬を赤くして、陸は今呟いた言葉の真意を誤魔化《ごまか》そうとした。

「見合い、とかさ。ちゃんとできるかな、って」

「大丈夫ですよ」

秋信が、優しく陸に微笑《ほほえ》みかける。

「私もついていきます」

「……うん」

陸は、いつになく素直に頷いた。まだ少し胸が痛かった。

## 2

よく晴れた如月《きさらぎ》の日曜日。

柴崎陸《しばざきりく》は、七五三と成人式でしか着たことのないスーツを着て、都内老舗《しにせ》ホテルである帝都ホテル内レストランの個室にいた。

陸の隣には、同じくスーツ姿の甲田秋信《こうだあきのぶ》がいる。如何《いか》にも服に着られているような有り様の陸と違って、こちらはスーツ姿が完璧に板についている。秋信は、プライベートでもスーツを着ていることが多い。

その様になりすぎている姿を、陸は恨めしげに横目で睨んだ。

(なんだか俺のほうがこいつの引き立て役みたいだ)

今からここに来る女性が、自分ではなく秋信に惚《ほ》れたらどうしよう。そんな不安さえ湧いてくる。

不安は、女性を取られることではなくて……と、そこまで考えて陸は思考を止める。それ以上は、考えてはいけないことだからだ。

「そのスーツ」

と、秋信は、女性が来る前に陸に囁《ささや》いた。

「よく似合ってらっしゃいます」

「嘘つけ」

陸はソファに腰を下ろしたまま、ぷいと横を向いた。

秋信の手が、陸の胸元に伸ばされる。

陸のネクタイを結び直してやりながら、秋信は重ねて告げた。

「大丈夫ですよ。あなたは顔立ちも整っているし、気品もある。大抵の女性は、貴方に惚れるはずだ」

「……そうかよ」

憮然と、陸は俯いた。そうする他になかった。

今から陸が見合いする相手は、紀藤七恵《きとうななえ》という二十五歳の女性だった。

紀藤七恵の祖父、紀藤誠司《せいじ》こそが、陸の祖父である柴崎守雄《もりお》の盟友だ。紀藤家は明治の頃から続く素封家《そほうか》で、昭和の時代に急激にのし上がった柴崎家をよく援助してくれたのだと陸は守雄から聞いていた。

特に守雄の窮地《きゅうち》を、誠司が私財を投じてまで助けたという話だから、二人の結束は今でも固い。

そんなロマンチスト同士の二人だったからこそ、自分の子供らを娶《めあわ》せようなどということを思いついたのだろう。

そしてそれは彼らの子の代では叶わず、今こうして孫の代になってようやく成就《じょうじゅ》しようとしていた。

ホテルのボーイが、陸たちに告げに来た。

「お連れの方がいらっしゃいました」

通すように、と秋信が答える。陸は、いつになく緊張して背筋を伸ばした。

紀藤七恵が、祖父である紀藤誠司に連れられて個室へとやって来た。美しい振り袖を着ている。

緊張で固まっていた陸の背中を、秋信が誰にも見えないようにそっと押す。陸は慌《あわ》てて立ち上がり、二人を迎えた。

誠司が、そんな陸に向かって鷹揚《おうよう》に手を振った。

「久しぶりやなあ、坊」

「はい。お久しぶりです」

固い声で答える陸の肩に、誠司は手を置いた。

「今日はほんの顔合わせや。無礼講《ぶれいこう》でええで」

「はい」

いくらそう言われても、まだ二十歳の陸にいきなりリラックスなどできるはずもない。まずは乾杯しようという誠司の言葉に従って、皆席についた。

見合いといえば通常は両親と仲人が付き添うものだが、陸に両親がいないことから、誠司の側が気を遣ってくれたらしい。というのは建前で、どうやら七恵の両親は、誠司が勝手に決めてきた見合い話をよくは思っていないらしかった。そのことを陸は、秋信からそっと聞いた。

さもありなんと陸は思った。七恵は、二十五歳のOLだ。二十歳で、しかもまだ学生の自分なんかと見合いさせられるのは、迷惑以外の何ものでもないだろうと。

しかし、そう信じているのは陸だけで、実際のところ七恵はこの見合いに誰よりも乗り気だった。

いくら誠司に力があるとはいえ、今時祖父の言うことを聞いて意に添わぬ見合いをする女などいやしない。

むしろ七恵は、陸の写真を一目見た時から気に入っていた。その証拠に彼女は、さっきから舐《な》めるように陸ばかり見ている。

(いいわー、美少年最高!)

着物姿で、七恵はこっそりと拳《こぶし》を握りしめた。七恵は、もともと年下が好きだった。それに加えて陸は、凛々《りり》しく若々しく、しかも純情そうだ。遊び慣れている七恵にとっては、格好の獲物だった。

もちろん七恵は、なんの計算もなくただ顔だけで将来の伴侶《はんりょ》を選ぶほど浅はかではない。陸がただの『美少年』だったら、誰に勧められても結婚までは考えなかっただろう。

陸は資産家である柴崎守雄の、唯一の孫だ。どんなに悪くとも何かしらの遺産は入るだろうという計算が七恵にはあった。そのことはしっかりと自分の祖父である誠司に確認済みだ。

ワインを傾けながら、誠司が陸に聞いた。

「もっちゃんの具合はどうや」

守雄と昔馴染みの誠司は、守雄のことを「もっちゃん」と呼ぶ。守雄のほうも誠司をいまだに「せいちゃん」と呼ぶ仲だ。

しゃんと背筋を伸ばして陸は答えた。

「今のところ、小康状態という感じです」

「ほうか。坊も大変やな、まだ若いのに」

「いえ……」

緊張しすぎて、陸は何を話していいのか皆目《かいもく》わからなかった。陸が言葉に詰まると、秋信が隣でさりげなくフォローした。

「手術が成功すればいいんですが。皆、それを祈るばかりです」

「そやなあ。わしらくらいの年になると、癌の進行も遅いはずやしなあ。若いもんはあっちゅう間やで、ほんま」

コース料理があらかた終わったところで、誠司は隣に座る七恵に言った。

「おい、七恵」

「はい」

「坊ちゃん連れて散歩でもしてこい。わしは甲田と話しとる」

「はい」

(え!?)

内心、驚いたのは陸だった。さっきからなんとか七恵と話そうと試みてはいたが、誠司が話し続けていたため口を挟む隙がなかったのだ。七恵のほうも、特に自分から話を振ることはせず、相槌《あいづち》を打っていることが多かった。

そんな中、いきなり七恵と二人きりになれと言われても、陸にはどうしていいのかわからない。

救いを求めるように、陸は秋信に視線を送る。が、秋信はすっかり誠司に捕まっている。誠司は秋信と話をしたいようで、秋信を放す様子はない。

まさかここで、七恵と二人きりになるのを拒むわけにもいかず、陸は腹を括《くく》った。

「……行きましょう」

固い声で陸は、七恵に言った。七恵がくすりと微笑んだ。緊張している陸を、可愛いと思ったのだろう。

帝都ホテルは庭園が美しいことでも有名だから、散歩をする場所には事欠かない。秋信に連れられてよくこのホテルに来ていたため、ホテルの内部について陸は詳しい。迷うことなく庭園やホテルショップを案内する陸を、七恵は褒めた。

「詳しいのね。よく来るの？」

「はい、秋信とたまに」

日本庭園の枯山水《かれさんすい》の前で、二人は立ち止まった。

着物を着ている七恵を、あまりたくさん歩かせないほうがいいだろうと陸は配慮した。秋信の教育の賜物《たまもの》か、陸は案外気が利く。

ガチガチに緊張している陸とは対照的に、七恵は最初から親しげに陸に話しかけた。年上としての余裕だろう。

二月とはいえ今日は温かく、屋外にいても凍えることはなかった。陸は、柔らかな日射しに照らされた七恵の横顔をそっと見た。

美人だな、としみじみ思う。なんというか、華がある。話しやすい雰囲気《ふんいき》を出してくれているし、第一印象は好ましいものだった。

だから陸は、簡単に覚悟を決めた。もう最初から、よほどのことがなければ覆すつもりなどなかった覚悟を、改めて表明した。

「あの、俺」

途切れがちに、陸は伝え始めた。

「将来は、じいちゃ……祖父の、会社を手伝いたいと思います。大学を卒業するのに、あと二年かかるけど、その後は真面目《まじめ》に働きます」

訥々《とつとつ》と話す陸を、七恵がじっと見守っている。

「で、あの、……よろしく、お願いします」

「こちらこそ」

輝くように七恵は破顔した。

(こんなにかっこいいんだから、もうちょっと遊んでるかと思ってたけど)

七恵は、予想以上に陸が純情そうであることに歓喜した。

結婚するなら、手玉に取れそうな年下というのが彼女の理想だった。しかも陸は、アイドルにも比肩するような美形だ。

(これは演技じゃなくて、マジで遊んでなさそう。おじいちゃんの言ったこと、ほんとだったのかも)

見合いの前、誠司が頻《しき》りに「柴崎んところに甲田いう若いのがおってな、これが坊の教育係やねんけど、えらい過保護でなあ」と苦笑混じりに話していたのを七恵は思い出した。しょせんは男の言う「過保護」だから、たかが知れているだろうと七恵は半信半疑でいた。都心に住んでいる資産家の息子が、二十歳にもなって遊んでいないはずがないだろう、と。しかしその予想は、いい方向へ裏切られた。

『ほんまは甲田が欲しいんやけど。もっちゃんの手前もあるしなあ』

誠司はよほど甲田を気に入っているらしく、七恵にだけはそう漏《も》らした。もともと誠司は、陸ではなく甲田秋信を七恵と娶せたかったらしい。が、当の秋信はどうやら独身主義らしく、特定の女との交際を望んでいないのだと聞いた。

(あれは微妙だわ。仕事はできるんだろうけど、絶対遊んでる)

いくら経済力があっても、浮気をする男は七恵は願い下げだ。それに七恵は、年上の男よりも年下のほうが好みだ。

七恵はうっとりと、慣れないスーツを着て身を固くしている陸を眺めた。身長は百七十と少し、大きすぎず小さすぎない。顔にはまだ少しだけ少年らしさが残っているが、もう少し育ったらますます精悍《せいかん》になるだろう。肌が綺麗なのはホルモンバランスが取れている証拠だし、髪も豊かだから将来禿《は》げる心配もなさそうだ。

(ほんと可愛いわあ。童貞かしら)

七恵と目が合った途端、陸は赤くなりぱっと目を逸《そ》らした。この美少年が自分のものになるのだと思うと、七恵はぞくぞくした。

どうせもう纏《まと》まったも同然の縁談だ。手を出しても問題ないだろうと七恵は踏んだ。七恵は、橋の欄干に置かれた陸の手に自分の手を重ねた。

「ね、明日も会わない？」

「え？」

陸の目が、戸惑いを含んで七恵を映す。

「もっとたくさん、陸くんのこと知りたい。大学、何時に終わる？」

「え、えと、三時には……」

「じゃああたしが車で迎えに行く。陸くん、まだ免許持ってないでしょ？」

戸惑いを、陸は無理矢理作った笑顔で消した。

「あの、でも、七恵さん、会社は……」

「父の会社の手伝いだもん。いつでも休めるわよ」

それでいいのかと陸は少し怪訝《けげん》に思ったが、本人がいいと言う以上口は出せない。陸は結局、押し切られた。

明日三時に会う約束をして、二人はレストランへ戻った。

レストランへ戻る道すがら、二人は車について話した。七恵は赤いＲＸ７に乗っていると言う。陸はそれを羨《うらや》ましく思った。

（俺も早く免許欲しいな）

車なら陸の家には何台もあるが、陸自身が運転することを秋信が「危ないから」と言ってまだ許してくれないのだ。そのことで陸は秋信と少しケンカをした。

もう一度陸は、秋信に免許を取らせてもらえるよう頼んでみることにした。陸が考えているのは、秋信のことばかりだった。


なんとか無事に見合いを終えて、陸は秋信の運転するベンツで帰途についた。助手席でぐったりとする陸に、秋信が尋ねる。

「どうでしたか」

「うん」

流れゆく景色を見ながら陸は答えた。

「明日、会う約束した」

「それはよかった」

秋信は変わらず、上機嫌だ。きっと陸の見合いが上手《うま》くいったことが嬉しいのだろうと陸は思った。

「彼女とは上手くやれそうですか」

「うん。美人だし」

「おや」

素直に答えた陸を、秋信がからかった。

「陸さんは、ああいう感じの女性がお好みでしたか」

「まあな。好きなタイプだよ」

決して嘘はついていなかった。陸はああいう、積極的な女性は嫌いではない。自分のほうから話さなくても勝手に話してくれて、楽だからだ。

陸はふと、そんなことを思っている自分が酷《ひど》い奴に思えた。

（……嘘じゃない）

彼女のことは、少なくとも現段階では嫌いではない。むしろ、好ましいタイプだ。嘘じゃない。

陸は、懸命に自分に言い聞かせる。

「お疲れのようですね」

秋信は、アクセルを踏みこんだ。

「早く帰りましょう」

「……うん」

陸もそれには賛成だった。早く帰りたかった。早く、秋信と二人になれる家に。

## 3

翌日。

陸《りく》が通う正城大学前へ車をつけた七恵《ななえ》は、その顔を引きつらせた。陸が、ひらひらと手を振っている。年相応のラフな私服も、よく似合っていて可愛い。しかし問題は、服装ではない。

(……ちょっとちょっと)

七恵は、笑顔を作るのに必死だった。

陸の後ろに、陸より頭一つ分背の高い男が佇《たたず》んでいる。まるで要人を警護するSPのように。

(なんでいるのよ？　あの人……)

陸の後ろに、甲田秋信《こうだあきのぶ》が控えるように立っていた。柴崎《しばざき》興産の専務で、陸の養育係だという甲田だ。親族を差し置いて、当主の名代として見合いの席にまで顔を出した、あの甲田だ。

見合いの席に他人がいるのは別にいいと七恵だって思っていた。

しかし、今日はもう見合いではない。デートだ。デートのはずだと、少なくとも七恵は信じていたのだ。

（ちょっと、マジ？）

心の中でつっこみながら、七恵は車を降りて陸に近づいた。

（まさか、ね）

まさか、このままついて来るなんて言わないわよね、たまたまここにいるだけよね、と七恵は祈るように思った。なんだか嫌な予感がした。

陸は、昨日よりはだいぶリラックスした笑顔を七恵に向けてきた。

「こんにちは、七恵さん」

「え、ええ、こんにちは。甲田…さんも、こんにちは」

「こんにちは」

と、甲田秋信は卒《そつ》のない笑顔で返してきた。大学の前に、黒いロングコートを着た頬に傷のある男がいるのは大変目立つ。が、秋信はまったく気にしていなさそうだった。

必死の笑顔で七恵は尋ねた。

「甲田さんは、ここで何を？」

「陸さんの付き添いです」

と、まったく悪びれることなく秋信は言った。

「今日は少し、熱があるようなので」

「秋信！」

秋信の言葉を、陸が制した。

「それは言わなくていいって言ったろ。七恵さん、心配しないで下さい」

「え、ええ……」

そういえばやけに厚着をしているなと七恵も思ってはいた。どうやら陸は、風邪《かぜ》をひいているようだった。

「大丈夫？　具合が悪いなら日を改めて……」

「大丈夫ですよ。まずいようなら私が連れて帰りますから」

と、これも陸ではなく秋信が答える。「あんたには聞いてないのよ」とも言えず、七恵はまた笑顔を引きつらせた。

「そ、そう。なら安心ね。行きましょうか」

「はい」

陸は、極めて無邪気《むじゃき》に返事した。なんだか昨日よりもずっとリラックスして見えるのは、秋信が後ろに控えている所為《せい》なのかと七恵は邪推《じゃすい》した。

車に乗りこむ直前に、七恵は慌てて付け加えた。

「あ、でも、あたしの車、ツーシーターだから……！」

「お気になさらず。後からついて行きます」

秋信は、ベンツの鍵をちゃらりと鳴らしてみせる。

（ちょっとちょっと、マジぃ？）

まさかの展開に、七恵は少し挫《くじ》けそうだった。

（箱入り息子だっていうのは知ってたけど、まさかここまでとは……）

いくら風邪気味だからって、女とのデートに『付き添い』が来るなんて常識では考えられない。

それでも会って二度目では強くも言えず、仕方なしに七恵は陸を助手席に乗せ、車を発進させる。予告通り、秋信のベンツが後からついてくる。

（消えなさいよ、ってか空気読めないの!?　あの男！）

鬼のような形相《ぎょうそう》でバックミラーを睨みつける七恵を、陸が不安そうに見ている。

「あの……」

「あ、ああ、横浜《よこはま》のほうでいい？」

七恵が慌てて笑顔を取り繕《つくろ》うと、陸はほっとしたように笑った。

「はい」

（巻いてやる……！）

七恵は、ハンドルを握る手にぐっと力をこめた。運転には自信がある。A級ライセンスも取得している。

一気にアクセルを踏みこまれ、急発進した車に全身を揺すられながら、陸は顔を蒼白にして訴えた。

「な、七恵さん、スピード出し過ぎ……っ……」

「ちょっと行きたいお店があるんだけどぉ、早く行かないと閉まっちゃうから急ぐわねぇ！」

苦しい言い訳をしつつ、七恵は車を疾走させた。そのまま高速に乗り、横浜方面を目指す。

その間、七恵はちらちらとバックミラーを見続けた。

（ついてきてる……）

秋信の駆るベンツはしっかりと、適正な車間距離を保ちつつ七恵のRX7についてきていた。七恵がどんなに無茶な運転をしても、その距離が離れることはない。

高速を走り、いよいよベイブリッジが見えてきた辺りで、七恵は激しい疲労を感じた。

（信じられない……）

途中のドライブインで車を停めて、七恵はぐったりとハンドルに突っ伏した。陸が、心配そうに七恵に尋ねる。

「大丈夫ですか？」

「あ、ええ……」

力なく七恵は答えた。もちろん隣には秋信のベンツが横付けされている。陸が、無邪気に言った。

「七恵さん、運転上手《うま》いんですね」

「そお……？」

可愛い年下に褒められて悪い気はしなかったが、その後が悪かった。

「秋信、昔は暴走族みたいなこともしてたって言うから、七恵さんと気が合うと思います」

「………」

この子も大概《たいがい》空気が読めていないと、七恵は脱力した。

(でも、こんな上玉、滅多にいないし……)

年下相手に多くを期待しないというのは、恋愛の鉄則だと七恵は心得ている。あくまでも問題は陸ではなく、陸にくっついてくる甲田秋信だ。

七恵は気を取り直し、車から降りた。陸も続いて降りるのを確かめてから、秋信もベンツを降りる。

七恵は秋信の前に立ち、まっすぐに売店を指差した。

「水、買ってきて下さらない？」

陸が隣できょとんとしている。七恵は明らかに陸ではなく、秋信に買ってきてくれと言っていた。

なぜだろうと訝《いぶか》しみつつ、陸は自ら手を挙げる。

「あ、俺が買いに……」

「いえ、自分が行きます」

陸を制して、秋信が売店へと向かった。

計算通りだと、七恵はほくそ笑む。

秋信の姿が完全に売店の中へ消えると、七恵は陸を車の中へ押しこんだ。

「七恵さん？　何を……まだ、秋信が……」

「ちょっと黙っててね？」

戸惑う陸を、七恵は車で連れ去った。

そうして車で走ること十五分、七恵はまんまと人けのない埠頭《ふとう》に辿り着くことに成功した。

景色がいいのと人けが少ないことからカーセックスの名所のように言われている場所だが、もちろん陸はそんなことは知らない。時間が早い所為か、他に車はなかった。七恵は一番景色のいい場所に車を停めた。

「あの、秋信が……」

まだ秋信のことを気にしている陸の言葉を、七恵は遮《さえぎ》った。

「具合、平気？」

「あ、はい」

「ほんとに？　顔、紅い」

「平気です。それで、あの……」

「熱、計ってあげる」

七恵の顔がゆっくりと陸の顔に近づけられる。

反射的に陸は、顔を背《そむ》けていた。

（よけやがった……！）

キスを拒まれて七恵は内心憤《いきどお》ったが、もちろん顔には出さない。

この年頃の男子が、この状況で自分を拒むはずがないだろうという自負が七恵にはあった。

「ごめんね、変なことして」

「い、いえ、全然……」

陸がぎこちなく首を振る。七恵は一旦陸から躰《からだ》を離し、陸を口説《くど》くための演技を始めた。

「あたし、変だよね……こんなの……」

「変……って……何が……」

「昨日初めて陸くんに会った時、心臓が止まりそうになった」

歯の浮くようなセリフを、七恵は続けた。

「陸くん、初恋の人にすごく似てるの。中学生の時、初めて好きになった人に。もちろんあたしの片思いで、見ているだけだったけど」

「そう……ですか……」

「あのね、だから運命かな、なんて思っちゃったの」

なるべく可愛く言って七恵は、陸の様子を窺《うかが》った。その時陸は、鳩《はと》が豆鉄砲を喰らったような顔をしていた。

(子供だし、まあこんなもんかしらね)

陸にリーダーシップを取って欲しいなどと、七恵は最初から期待していない。七恵は再び、陸に躰を寄せた。

「陸くんと結婚できるなら、あたし、すごくうれしい」

服に覆《おお》われていてもはっきりとわかる大きな乳房が、陸の胸板に押しつけられる。

「陸くん、大好き……」

「え……あ……」

陸は戸惑い、困った顔をしている。ネイルアートを施《ほどこ》された七恵の指が、陸の股間に伸ばされる。

その時、反射的に陸は七恵の胸を突き飛ばしていた。

「きゃ!?」

思い切り突き飛ばされて、七恵は硝子《がらす》に後頭部をぶつけた。陸が慌てて謝った。

「す、すみません……!」

陸は、そのままドアを開け車から飛び出した。何だかとても、焦《あせ》っている様子で。

「ちょ、ちょっと、陸くん?」

こんな所で車から降りて、どうするつもりなのか。駅もバス停もここからはとても歩いてはいけないはずだ。

なのに陸は、それ以上七恵といることを拒んだ。

駅からもバス停からも遠い場所でも、陸が家に帰るのに困るようなことはなかった。七恵の車から逃げ出すと、陸はすぐにケータイで秋信を呼んだ。

秋信はすぐに陸のいる埠頭へと車で駆けつけた。助手席に乗りこんで、陸は言った。

「帰る」

「陸さん? どうしたんです。何かあったんですか」

「家に帰る!」

秋信の質問に、陸は頑《かたく》なに答えなかった。秋信もそれ以上は追及せず、優しく微笑む。

「わかりました。帰りましょう」

秋信はゆっくりと丁寧に、車を発進させた。家に着くまで、陸は一言も喋《しゃべ》らなかった。

世田谷《せたがや》の家に着くと、時刻はすでに八時近かった。寝るにはまだ早過ぎる時間だが、陸は早々にシャワーを浴び、ベッドに潜《もぐ》りこむ。

今日の出来事は、陸を深く悩ませていた。

(どうしよう……)

布団の中で、陸は激しく戸惑っていた。七恵に迫られた時のことを思い出して。

(どうしよう、俺……)

七恵に迫られた時。

陸は、確かな嫌悪を感じてしまっていた。七恵のことを嫌いではないはずなのに。むしろ、好ましく思っていたはずなのに。

七恵はあの時、性的な行為を陸に要求していた。

そのことはもちろん陸も気づいていた。

陸の目的は、祖父である守雄に曾孫の顔を見せることだ。守雄に残された時間は少ない。一刻も早く曾孫を見せるためには、やはり一刻も早くセックスをするべきだと当然思う。

秋信だって言っていた。

『これはすぐに仕込まないといけませんでしょう』と。

だから七恵の積極性を、陸は歓迎こそすれ拒絶する理由はなかった。ない、はずだったのだ。

あの場で七恵の誘惑に乗って、七恵の中に射精すればいい。運が良ければ、それこそ最短で子を授かることができるはずだ。七恵もそれを了承している。

なのに。

（できなかった……）

陸は、愕然《がくぜん》としていた。どうしても、七恵の躰に欲情できなかったことに。

（俺……女と……）

七恵のことを嫌いなのではない。むしろ、はっきりと好みのタイプだと思った。なのに、躰が拒否した。性的にまったく興奮できなかった。

（どうしよう、俺……！）

約束したのに。

守雄に、曾孫の顔を見せると、守雄の勧める女と結婚すると約束したのに。これでは到底、果たすことができない。

（今日は……たまたま体調が悪かっただけかも知れない……）

陸は必死で、自分が『できなかった』理由を探した。確かに今日は少し風邪気味だった。その所為かもしれない、と。

しかしそれが欺瞞《ぎまん》であることは、誰よりも陸自身が一番よく知っている。

陸はあの時、秋信の顔を思い浮かべていた。秋信に、助けを求めた。

（違う……！）

陸は強く否定した。秋信は関係ない。秋信はただ、保護者だから。困った時に秋信に助けを求めてしまうのは、幼い時からの悪い癖だ。ただの癖なのだと、懸命に自分に言い聞かせる。

あの場面で、秋信を求めたりしてはいけないのだ。絶対に。

眠ることもできず、夜を過ごす陸の部屋を誰かがノックした。

この広い家には陸の他には、一人しか人はいない。それが誰なのかを、考える必要はなかった。

「陸さん。今、いいですか」

秋信の声だった。陸は少し、考えた。

寝たふりをすれば、秋信はすぐに帰るだろう。

しかし陸は今、酷く心許《こころもと》なかった。

秋信に、そばにいて欲しかった。

秋信はいつも、陸がいて欲しいと思う時に必ずそばにいる。まるで陸の心が読めるかのように。

「……いいぞ」

結局陸は、秋信の来訪を受け容れた。静かにドアが開き、秋信が部屋に入ってくる。

「熱はどうです？　もう下がりましたか」

「もともと微熱だ。大したことない」

そう強がる陸の額に、秋信の手のひらが乗せられた。陸はそれを、甘受した。昼間、七恵にされた時は反射的に逃げようとしたのに。

強がる陸に、秋信はいつもの優しい笑顔を向ける。

「昼間、何があったんです？」

「………………」

陸は押し黙る。

秋信の手が、優しく陸の髪を撫《な》でる。

「秋信には相談できませんか」

「そんな……わけじゃ……」

そう言われると陸は弱い。こういう時、秋信は自分のことを名前で呼ぶ。まるで忠実な家臣のように。

しばらく迷った末、陸は秋信に告白した。

告白することで、胸の重石《おもし》を軽くしたかった。

「……できなかったんだ」

「何を？」

しれっとした顔で秋信が聞くから、陸は余計に恥ずかしくなる。それでも羞恥《しゅうち》を堪《こら》えて、陸は言った。

「……セックス……」

「セックスしようとしたんですか？　会って二度目の女性と？」

「あっちが誘ってきたんだ！」

秋信の口調にどこか責めるような響きがあったから、陸はついむきになる。が、秋信は決して責めているわけではなかった。

「責めてはいません。事実だとしても喜ばしいことですから」

喜ばしい、と秋信が言うのに、陸はまた少し傷ついた。そしてすぐ、自分が傷ついていることを否定した。

優しく、畳み掛けるように秋信は尋ねた。

「七恵さんに誘われて、セックスしようとしたけれどできなかった。そのことで悩んでいるんですね？」

秋信の声は低くて、静かで、優しく響く。陸の躰から、心から、張り詰めていた力が抜けていく。

陸は、素直に頷いた。

ベッドの上で膝を抱えた陸を、秋信は優しく撫でた。

「気にすることはありません。男にはよくあることです」

「俺……不能、じゃないよな……？」

確かめるように、縋《すが》るように陸が聞く。秋信は苦笑しつつ答えた。

「もちろんそうです。私が保証します」

その言葉に嘘がないことは、陸自身がよく知っていた。陸は、初めての射精を秋信の手で迎えている。

（あれは……秋信が……）

その時のことを思い出して、陸は顔を赤らめた。

陸が十二歳になったばかりのことだった。秋信と二人で風呂に入っていた陸は、ぼんやりと秋信の肉体を見ていた。秋信の躰には、あちこちに傷があった。その傷を見るのが、陸は好きだった。

陸は病弱だった父とは一緒に風呂に入ったことがない。だから秋信の裸体は、陸が初めて見る完成された男の肉体だった。

手も足も長く、筋骨逞《たくま》しく、胸板も腹も触ると硬い。何よりも陸が興味を示したのは、秋信の性器だった。

陸自身のものとは比べるべくもないほど大きく、太いそれは、何か別の生き物のようだった。躰を洗う秋信を、陸は浴槽の中から見つめていた。

（おれも、大人になったらああなれるかな）

羨望と憧憬《しょうけい》を以《もっ》て秋信に見とれていた陸の躰を、突如異変が襲った。異変は、下腹部からやって来た。

『あ……っ？』

湯船の中で、陸は裸の股間を押さえた。その異変に、秋信が目敏《めざと》く気づく。

『どうしました？』

すぐに泡を洗い流し、秋信は陸に手を差し伸べる。陸は股間を押さえたまま、ふるりと首を横に振った。

『おちんちんが、痛い……』

『見せてご覧なさい』

有無を言わせず、秋信は陸を湯船から抱き上げ、浴槽の縁に座らせた。恥ずかしくて隠そうとする陸の両手を、秋信が引《ひ》き剝《は》がす。

桃色の小さな肉茎が、可愛らしく秋信の目の前で跳ねた。

『ああ、これは』

それを見て秋信は、ほっと安堵《あんど》した。

『病気ではありません。大人の男になった証拠です』

陸は、勃起していたのだ。それが初めての勃起だった。

『でも、痛い……こんなに腫《は》れてるよ……？』

大人の男になった証拠と言われても、陸にはただの異変としか受け取れない。痛くて、むずむずして、変な感じだった。

泣きだした陸を見て、秋信が困った顔をした。

『泣かないで。すぐに治まりますから』

『でも……』

まだ泣いている陸を、秋信は膝に抱いて湯船に浸《つ》かった。湯の中で、陸のものがゆらゆらと揺れている。

（秋信の……が、お尻に当たってる……）

その時陸ははっきりと、秋信の雄を意識した。自分と同じ性なのに、まるで別の生き物のようなそれを。

秋信の手が、まだ張り詰めている陸のペニスを包んだ。

『ひぁっ……!?』

びくん、と陸の背筋が撓《しな》った。

『ここに、陸さんの子種が詰まっている』

『こだね……？』

秋信に握られたまま、陸が舌足らずな声で復唱する。

『そう。赤ん坊の種ですよ。この部分が棒みたいに硬くなるのは』

『あぅうっ……！』

きゅっと幼い陰茎を握られて、陸は身悶《みもだ》えした。むずむずする感覚が、ますます酷くなった。

『女の孔の中に、挿《さ》しこむためです。こうやって、ぐっと押しこんで』

『や、ぁッ……』

秋信が手で作った筒の中に、陸のペニスがぐっと押しこまれる。痺《しび》れそうな快感が、陸を襲う。

『女の腹に、子種をつける。運がいいと、子供ができます』

『は……ふ……っ……』

湯煙に、陸の喘《あえ》ぎが混じる。いつしか陸は、全身を秋信に預けていた。

『でも、坊ちゃんはまだ子供ですから』

『は、あぁ……っ』

湯の中で、きゅ……っ……きゅ……っ……と柔らかく陰茎が扱《しご》かれる。時折、小さな陰嚢も、コリコリと指で揉まれる。

『大人になるまではこうやって、自分で弄《いじ》って子種を出すんです。皆、そうしている』

『あぁうぅっ……！』

下腹から爪先にまで電流を流されたような快感が走って、陸は叫んだ。突っ張った皮が、痛かった。

『なんか、出る……ッ……なんか、痛い……！』

『痛くない……痛くない……』

呪文のように囁きながら、秋信は手の動きを速めた。陸は、秋信の手の中で精通を迎えた。

『ひや……ンン……ッ！』

悩ましく啼《な》いて、陸は達した。その間も秋信は、陸を優しく愛撫した。

それから今に至るまで。

陸は、『下半身』の世話を秋信にさせていた――。

（でも……時々、だ！　今はもうそんなに、させてない……！）

誰に責められたわけでもないのに、陸はそう心で言い訳した。

それが悪いこと、恥ずかしいことなのだという自覚は、あの時からあった。しかし秋信のほうは『お付きの者が主人の世話をするのは、別に珍しくもなんともありません』などと平然としていた。

（こいつの感覚って、なんか変だよな……）

いくら『教育係』だからって、普通そこまでするだろうかと最近改めて陸は思うのだ。でも、そうして秋信を独占できることが心地よかったのも事実で。陸は、秋信だけを責められないことを理解している。

ベッドに腰掛け俯く陸に、秋信は告げた。

「そんなに心配なら、試してみますか？」

「何をだ？」

「少しお待ち下さい」

訝る陸を置いて、秋信は部屋を出た。それからすぐに、何本かのＤＶＤを携《たずさ》えて戻ってくる。

そのパッケージを見て、陸はぎょっとした。秋信が持ってきたのは、アダルトビデオだった。

「お前……っ、そんなの見るのかよ」

「若い者が泊まりに来た時、置いて行ったんです。私のじゃありません」

「…………」

「あ、信じてませんね」

「……別に……っ」

じんねりとした目で秋信を睨む陸を見て、秋信は楽しそうだ。まだ拗《す》ねている陸の前に、秋信はずらりとDVDを並べた。

「お好みのを選んで下さい」

「お好みって……」

戸惑いながら陸は、適当な一本を手にした。

「……じゃあ、これ」

秋信がそれを、DVDデッキにセットする。序盤のどうでもいい部分は飛ばして、よさそうなシーンを映し出させる。

「これを見て勃《た》てば、正常な証拠でしょう」

「……そ、うか……」

頷きつつも、陸は内心、引き気味だった。これじゃあ逆に、「勃たなかったらどうしよう」というプレッシャーを感じる。

（……さっきは、怒ったけど）

秋信がアダルトビデオを持ってきたことに対して、「そんなの見るのかよ」などと言い放ったけれど。

秋信だってまだ若いのだ。アダルトビデオくらい、持っていてもおかしくはない。むしろ、それを責める自分がおかしいのだと陸は悄気《しょげ》た。

秋信は、ベッドに座った陸の後ろに座り、背後から陸を抱いた。自然と陸は、秋信に寄り掛かる。

こういう体勢でテレビを見るのは久しぶりで、陸はなんだかうれしかった。が、今夜は少し、状況が違った。

（なんか……変だ……）

アダルトビデオを見るのは初めてではない。そういうものを見て、自慰をしたことだって陸にはある。

けれど今、陸が感じているのは。

（秋信の……）

風呂場で、初めての射精を迎えた時と同じ体勢だった。後ろに、秋信がいる。パジャマの布越しに、秋信の雄を感じる。

32インチ液晶画面の中で、女が喘《あえ》いでいる。性器や乳房を弄くられ、髪を乱し、甘ったるい嬌声《きょうせい》をあげている。

女優の顔と躰はあらゆるアングルではっきりと映されているが、男優のほうは手と下半身くらいしかろくに映されていない。

陸は、無意識に女優のほうに自分を重ねていた。

あの手が、秋信のだったら。あの下肢が、秋信のだったら。

そんな妄想を抱きながら見ていた陸の躰は、確かに反応を始めていた。

背中から陸を抱いていた秋信が、陸の耳元で囁く。

「ちゃんと勃ちましたね」

「……ん……」

促されるように膝に手を置かれ、陸はそろりと足を開く。パジャマの中で、陸のものが頭を擡《もた》げ始めている。

「苦しいでしょう」

秋信の手が、ゆっくりと陸のズボンと下着を下ろす。まだ淡い色のペニスが、布の圧迫から解放されて中途半端に勃ち上がっている。

秋信の手で握られても、陸は抵抗しなかった。むしろ、それを望んでいた。

液晶画面の中ではまだ女が喘いでいる。太いものを割れ目の中に突き立てられ、出し入れされて、さっきよりも気持ちよさそうに。

秋信の息が、陸の耳にかかる。

「女の抱き方は、まだお教えしていませんでしたね」

「そんな……の……っ」

意地になって陸は首を振る。

「聞かなくたって、わかる……！」

「そうですか？」

嘯《うそぶ》いて秋信は、陸のものを握る。秋信の手を、陸が押さえつける。

「い、やだ……ッ」

「大丈夫です。秋信にお任せ下さい。力を抜いて……」

「やめろ……！」

もう子供ではないのだ。こんなのはおかしい。こんなのは、変だ。理性はそう叫ぶのに、本能が言うことを聞かない。

陸の本能の根源たる箇所は、秋信に握られて悦《よろこ》びに濡《ぬ》れ始めている。

「坊ちゃんに恥をかかせたくないんです。大人しくして下さい」

「……ッ……」

歯を食いしばって陸は、掠《かす》れた声で告げた。

「……キス……」

「……え？」

「どう……やんだよ……っ」

「ああ」

キスをねだられているのだと気づき、秋信は微笑んだ。

「こうですよ」

陸の顎に手をかけて、首を後ろに向けさせ、秋信は唇を重ねた。

最初は優しく重ね、啄《ついば》むように吸い、やがて舌を差しこみ、綺麗な歯列を舐め、舌を絡めさせた。

「……ん、ン……ッ……」

もぞりと、陸の腰が揺れる。今は秋信の手から解放されているペニスが、また大きさと硬さを増す。

キスだけで、感じる。

キスをしながら秋信は、陸の上半身に手を這《は》わせた。パジャマの前をはだけさせ、胸板を露《あらわ》にさせる。

小さな胸の突起を、秋信の指が捉える。

「……あ……」

と、小さく陸が声をあげた。触れられた箇所から、じわりと快感が走った。

「女はね、ここを弄られるのが好きです」

ゆっくりと優しく、秋信の指先が陸の乳首を捏《こ》ねる。

「こうやって指で弄くって、硬くなってきたら口でするといい」

「ひ……ッ……」

きゅんと縮こまり硬くなった乳首をつまみ上げられ、陸は思わず秋信の手首を摑んだ。

構わず秋信は、陸をベッドに押し倒す。

「あ……待っ……！」

「よく舐めてあげて……」

陸の制止も聞かずに、秋信は陸の胸に吸いついた。チュッ……と突起を吸う淫靡《いんび》な音がする。

「ひぁっ！」

陸の膝が跳ねた。吸われている箇所から下腹部を通じて、じん……と痺《しび》れが走る。

「吸われると気持ちいいでしょう？」

「も、もぅ……い、いっ……！」

「まだ途中ですよ」

このままではどうにかなってしまうと怯《おび》える陸を、秋信は放さない。どうあっても『最後まで』教えるつもりらしい。

（やだ……嫌だ……ッ）

熱い舌先が硬く尖《とが》らされ、陸の右の乳首をコリコリと押し潰《つぶ》す。左の乳首は指でつままれて、引っ張られている。

藻掻《もが》くたびに陸のペニスは揺れて、秋信の下肢にぶつかる。

陸は爪を噛み、声を殺した。

一頻《ひとしき》り陸の乳首を弄《もてあそ》ぶと、やがて口から透明な糸を引いて秋信は顔を上げた。散々舐められた陸の乳首はすっかり紅く色づき、秋信の唾液に濡れていた。

「う……ン……ッ……」

再び口付けられて、陸は薄く唇を開いた。さっきのキスで、やり方を覚えていた。そのことを秋信は褒めた。

キスをしながら秋信は、陸の下肢に手を伸ばす。再びペニスを握られて、陸は軽く首を振った。

「や……なん、で……そこ……」

「女にもあるんですよ、快感の芯が」

言いながら秋信は、陸の膨らんだ先端をつまんだ。

「ひ、ぃ……ッ！」

陸はシーツを握り締めた。秋信が、空いているほうの手で陸の顔をテレビのほうへ向けさせる。

「ほら、ビデオを見て。女の割れ目を開くと、上のほうに小さな尖りがあるでしょう？」

画面はちょうど、男優が女優の割れ目を指で開いたところを映し出していた。モザイクはなく、無修正ですべて映されている。

「あ……ア……」

その凄絶《せいぜつ》に淫らな光景を、陸は息を乱しながら見ていた。紅い媚肉が、太い陰茎で大きく拡げられている様がアップで映し出されている。

画面の中で、男の指が生々しい結合部分をまさぐっている。貫かれた孔の上部に、小さな尖りがあった。

「男のペニスほど大きくないから、見落としがちですが……こうやって、皮を剝《む》いて」

「んうぅっ！」

画面の中で女がされているのと同じことを、陸はされた。先端に少しだけ残っていた包皮が剝かれる。

剝き出しにされた敏感な部分を指で押され、陸は水から揚げられた魚のようにびくびくと全身を撓らせた。

「あぁんぅっ！」

「中身を、ゆっくり食べるといい。さっき乳首にしたみたいにね……」

剝き出しにされた亀頭を弄る秋信の指先が、ヌルヌルと滑っている。陸の漏らした先走りの所為だ。

陸のそこは、まるで漏らしたように濡れていた。ただし尿ではなく、もっとねっとりとした透明に近い液で。

（嫌だ……嫌だ、変……に、なる……っ……！）

痺れた思考の奥に残る最後の理性で、陸は抗《あらが》っていた。が、それもすぐに快感によって打ち消される。柔らかな表皮の下に隠されている快楽の芯が、秋信の指でコリコリと揉みこまれる。

「ひぃ……ぁっ……!」

「ほら、ここが一番感じるでしょう? 女も男と変わらない。ここが一番、気持ちいい……」

「あぅ……っ……ふ……あぁぁっ……」

低く甘く響く秋信の声は、毒だった。されていることの淫らさと相俟《あいま》って、陸の理性を氷解させる。気持ちよさに、泣きたくなる。

秋信の歯が、陸の耳朶《じだ》を甘く噛んだ。

「ここも、口に含んで、舌で包んで舐め回して。時々強く、吸うんです」

「ん、ぅ……ふ……は……っ……」

陸はもうまともな言葉など紡《つむ》げない。

「そうするとこうやって、ヌルヌルしてくるから……」

「ふ、うぅ……ん……っ……」

噛み締めた奥歯から、息と声が漏れる。剝き出しにされた先端の小孔から漏れる蜜《みつ》を、秋信は執拗《しつよう》に指に絡めた。

そうしてぬめらせた指を、陸の後ろへと宛《あて》がう。

「や、そ、こ……っ⁉」

片膝を持ち上げられ、露にされた尻の奥に触れられて、陸は震えた。そこまでするなんて、予想外だ。

陸の抗議を、秋信は淫行を続けることで封じてしまう。

「孔の中に指を入れて、ゆっくりと掻《か》き回すといい……」

「ひゃ、うぅぅっ！」

人差し指が、ぬるりと陸の孔に潜りこむ。陸自身の先走りのぬめりを借りて。

「あ、あぁぁっ……」

陸は両手で頭を抱え、震えた。

そこに触れられた途端、陸の性器全体がきゅんと縮み上がった。下腹部から陰部にかけて、電流が流されたように震えた。陰嚢の付け根から肛門に繋《つな》がる部分が、特に痺れていた。

(俺……俺、おかしい……！)

「あ、秋、の、ぶ……あき……っ」

もうやめてくれ、と言おうとすると、キスをされた。

キスで抵抗を塞《ふさ》がれた。

「ん、ぐ……っ」

（も、もぅ……嫌だ……俺、変に……！）

唇を塞ぐ間にも、秋信の指は淫行を続けている。

（指……嫌、だっ……そこ、弄ったら……また……っ！）

「ほら、気持ちいい音がしてきた……」

唇を離して、秋信はまたいやらしいことを口にした。指の動きに合わせて、ぬちゅくちゅと卑猥《ひわい》な音がする。

「ひ、ぃっ！」

指が、孔の中のある一箇所に触れた瞬間、陸は秋信の腕に爪を立てた。

前立腺が感じるなどとは知らない陸は、そんな箇所で感じている自分をひたすら責めていた。

「い、あぁっやあぁっ！　秋、の……ッ……あーッ！」

そこを刺激されるたびに、陸のペニスからはとろとろと蜜が溢れ出す。指を銜《くわ》えこんだ孔が、きゅっ、きゅっ、と健気《けなげ》に収斂《しゅうれん》する。

耐えきれない羞恥に身を捩《よじ》る陸に、秋信はふと冷酷《れいこく》な笑みを向けた。

「そんなに暴れんで下さいよ。やりにくい」

「あぁうっ！」

脅すように袋を抓《つね》られて、陸は涙を零《こぼ》した。秋信が、はっと我に返る。

「ああ、すみません」

また優しいキスが、陸の頬に触れる。

「泣かないで下さい……泣かないで……」

「……ン……」

宥《なだ》めるようにそう囁かれ、陸は涙を止めた。秋信にそう言われれば、陸はそれ以上ものを考えられなかった。

それをいいことに、秋信は淫行を続けた。

「穴の中がこれくらいぐちゅぐちゅになったら、こうやって、ペニスを宛って……」

指が一旦《いったん》抜かれ、二本に増やされる。揃《そろ》えた指を、秋信は改めて陸の蕾《つぼみ》に宛う。

「う……ぁ……」

「犯すんですよ……こうやって」

「あァ、…ンぅっ！」

じゅぷ……と指で犯された陸の孔から、散々塗りこまれた陸自身の先走りが溢れ出した。秋信の指は、セックスそのものの動きをした。少なくとも陸自身に、そういう錯覚をさせた。

「あぁっ……や、だ……嫌、あぁ……だぁ……っ！」

(犯されてる……！)

陸の孔の中を、二本の指が陵辱《りょうじょく》する。陰茎の動きを模して、ねっとりと中にこすりつけられる。

「ゆっくりと、内壁にこすりつけるみたいに貫いて……ほら、気持ちいい……」

「あぅっ……ふ……あァッ……」

陸は泣きながら足を開き、震えていた。陸のペニスはもう限界だった。限界まで、張り詰めていた。

秋信は少し躰を離し、指で犯されて震えている陸の躰を見下ろした。征服欲に満たされた目をして。

「お●●こが気持ちいいって、ヒクヒクしてる……締めつけてる……」

「やぁ……ぁっ！」

にゅちゅっ……にちゅっ……と指が出し入れされている。そうやって躰を揺すられるたびに、陸のペニスも前後に揺れる。張り詰めた屹立《きつりつ》の裏筋を、止《と》め処《ど》なく溢れる蜜が伝い落ちている。

いつしか秋信も自身の陰茎を曝《さら》し、陸の下腹に向けた。

陸のものとは比べるべくもないほど大きなそれが、さらに大きく膨らんで反り返っている。

とどめのように秋信は、熱っぽく囁いた。

指を、陸の孔の奥まで突き入れながら。

「奥まで突っこんで、思い切り射精して……孕《はら》ませるんです……ほら……」

「あぅ、あぁぁっ！」

妄想の中で秋信の雄蕊《ゆうずい》に犯されて、陸は射精した。

秋信の指で尻を犯されたまま総身を震わせ、シーツを握りしめ、張り詰めたペニスから白濁液をぶちまけた。

と同時に秋信も、陸の下腹部に精液を放った。二人分の精液が混ざり合い、どちらのものなのかもわからなくなった。

「はぁっ……は、……ぁ……っ」

荒い息を漏らす陸の唇に、秋信は優しくキスを落とした。

「よくできました」

「……ン……」

まだ冷めやらぬ熱の所為で、陸の目はぼんやりとしている。思考する能力が溶けてしまったように、何も考えられない。

このまま馬鹿になってしまいそうで、陸はふと怖くなった。

秋信は優しく、陸に囁いた。励ましというよりは、睦言《むつごと》にしか聞こえなかった。

「あなたは不能なんかじゃない。立派な男です」

ずっとこうしていたいと、陸は思った。このままいっしょに眠りたいと。

「…………」

秋信が、ベッドサイドからティッシュボックスを引き寄せ、二人分の精液で濡れた陸の下半身を清めた。その感覚にさえ陸は感じて、軽く身を捩る。

すっかり陸を綺麗にしてパジャマを着せ直すと、秋信も着衣を調《ととの》えた。

「おやすみなさい、陸さん」

「……あ……」

何か言いたげに、陸の唇が動いた。が、それ以上言葉は紡げなかった。秋信は陸の部屋から出て行った。

(……当たり前、か)

今の行為は、ただの『練習』だ。セックスなんかじゃない。だから、一緒に寝たりするのはおかしい。

(もう、ガキじゃねえんだから……)

陸は、『いっしょに寝たい』という欲望を幼さで無理矢理片付けようとした。そうしないと、あまりにも自分が惨《みじ》めだった。

4

翌日の午前十時。陸《りく》はケータイから、七恵《ななえ》に詫《わ》びのメールを入れた。

『昨日は、突然帰ってすみません。また会ってもらえますか』

返事はすぐに来た。七恵は、怒ってはいない様子だった。

『こっちこそいきなりごめんね。今日、時間あったら迎えに行きます』

メールを読んで、陸はほっとした。

七恵は、祖父の親友の大事な孫娘だ。祖父を喜ばせるために結婚するのだから、祖父の意にそぐわぬ女性では意味がない。だから陸は、彼女と結婚しなければならないと思い詰めていた。

（今度こそ……頑張らないと……）

今まで失望させっぱなしだった祖父を失望させてはいけない。

それに、七恵のこともだ。性的不能が原因で女性に失望されるのは、陸だってショックだ。

急いでメールの返事を書き、陸は七恵と今日の約束を取り付けた。時刻は夜八時、場所は、この前見合いしたばかりの帝都ホテルのロビー。

(部屋、予約しないと……)

昨日の今日でいきなりホテルに誘うなんて常識で考えればあり得ないことかも知れないが、陸にはとにかく時間がない。

それに昨日、七恵が積極的だったことが、拒絶されないであろうという自信を陸に与えていた。

陸はベッドに腰掛けたまま、秋信《あきのぶ》のケータイを鳴らそうと短縮ボタンに手をかけた。

秋信は会社にいるはずだ。陸よりも早く起き、陸に朝食を食べさせてから出社するのが彼の常だった。なぜ電話をしようとしたかといえば、帝都ホテルのスイートルームを予約してもらうためだ。

しかし陸は、一度目のコールでふと思い立ち電話を切った。

(あんまり、秋信を頼るのはやめよう)

今まで自分は秋信に頼りすぎたと、陸は反省していた。反省の理由はもちろん、昨夜のことだ。

もう二十歳にもなるのに、『あんなこと』まで世話されているのは恥ずかしいと陸は思った。

陸はインターネットで帝都ホテルの番号を調べ、自分で予約をした。

今日の講義は一時からだったから、登校するまでにまだ時間があった。なんとも落ち着かず、陸はベッドに寝転がった。しなければいけないこともある気がしたが、今日のことが気がかりで何も手につかなかった。

（駄目だな、こんなんじゃ……）

普通、女とホテルで会う約束をすれば、もっとうれしいと感じるはずではないのか。陸はそれを『うれしい』と感じられない自分に、どうしても納得がいかなかった。

なんとか大学の講義を受け終え、いよいよ夜が来た。食事をしようと七恵が言うから、最上階のイタリアンレストランで軽く食べた。

秋信とよく来る店だから、料理やワインについては戸惑うことなく七恵に勧めることもできたが、支払いの時に陸はミスをやらかした。クレジットカードで支払いをする時、サインをするのを忘れそうになったのだ。

カードは持たされているが、陸は自分で使ったことがなかった。そういうことはいつも、秋信がしていた。

それだけで陸は萎縮《いしゅく》してしまい、ベッドでの結果はやはり散々なものになった。陸はその日も、七恵相手に興奮することができなかった。

二度目ともなれば、さすがに七恵の顔からも余裕が消える。スイートルームのベッドで陸は、とんでもなく気まずいことを七恵から言われる羽目になった。

もはや陸への気遣いをやめて、煙草を吸いながら七恵は言った。

「陸くんてもしかして、ホモ？」

「え!?」

裸のまま陸は瞠目《どうもく》した。そんなこと、考えたこともなかった。

「いや……違、う、と、思……」

「じゃあなんか、すごいストレスとか溜まってるの？　そうじゃなかったら、あたしのことが嫌いなの？」

「嫌いなんかじゃないです！　絶対！」

力をこめて陸は断言した。

それは嘘ではない。七恵の第一印象は、決して悪いものではなかった。むしろ、好ましいものだった。その心境に嘘はない。

（でも、だったら、どうして……）

どうして自分は、七恵に対して性的に興奮することができないのだろう。陸は、愕然《がくぜん》とした。

DVDやグラビアの女性を見て、性的に興奮したことはある。だから陸は自分のことを、ゲイだと疑ったことはなかった。

けれど一つだけ、懸案はある。

（秋信……）

昨夜自分は、秋信の手で射精した。

秋信の裸や、性器を見て興奮を覚えた。

画面の中で喘ぐ女に自分を重ねた――。

（でも、それは……！）

それは違う。違うのだと、陸は闇雲《やみくも》に否定しなければならなかった。秋信のことが、好きだ。子供の時からずっと、無私の心で仕えてくれた秋信のことが、大切だ。

だからこそ本当は、『あんなこと』をさせてはいけなかったと思うのだ。

その時、ベッドサイドに置かれていた陸のケータイが鳴った。着信を見ると、秋信からだ。

陸の心臓が、一つ大きく脈打った。隣で身支度《みじたく》を調えていた七恵が、バッグを肩にかけて冷たく言った。

「さよなら」

「……さよなら」

陸は、そう言うしかなかった。

まだ鳴り続けているケータイを、陸は手にした。電話から聞こえてくる声に、陸は泣きそうになったが堪えた。

『陸さん？　今朝、電話くれたでしょう。遅くなってすみません』

「……うん」

力なく答えた陸の声に、電話の向こうで怪訝《けげん》そうな気配がする。

『どうしたんです』

「いや……」

陸は、小さく首を振った。

「今日、今からじいさんのところに行きたい。帝都ホテルのロビーにいる。迎えに来てくれ」

『わかりました。すぐ向かいます』

電話を切ると、陸も身支度を終えてロビーへ降りた。

迎えに来た秋信の車で、陸は病院へ向かった。面会時間は過ぎていたが、祖父の馴染みの病院であるため融通《ゆうずう》はきいた。

　陸は秋信を車に残すと、一人で病室へと向かった。夜半に突然訪れた陸を見て、祖父、守雄《もりお》は目を丸くした。

「なんやあ、急に。なんかあったんか」

　陸はベッドの横のパイプ椅子に腰を下ろし、しばらく押し黙った。どう説明していいのか、わからなかった。

　やがて陸は重い口を開く。いつまでも黙っていたところで詮無《せんな》いと覚悟を決めて。

「……ごめん」

「うん?」

「ふられた。ごめん……」

　守雄が、また驚いたように陸を見つめる。その一言で、陸が言いたいことを理解したのだろう。

　守雄は呵々《かか》と笑って言った。

「そうか、ふられたかあ」

　痩せた手が、陸の頭をぐしゃぐしゃに撫でる。

「おまえ、男前なのになあ。まあ、あっちの娘さんもえらい別嬪《べっぴん》さんやから、しゃあないなあ」

関西弁混じりでそう言われて、陸は泣きたくなる。期待に応《こた》えられなかったことが、目の前の人を喜ばせられなかったことが、重くのし掛かる。

「気にすんな」

守雄はそう言ってくれたが、陸はどうしても、自分を許せなかった。自分の失敗で見合いが失敗したことが、悲しかった。

「あの…さ」

言いにくそうに陸は切り出した。

「彼女は、駄目だったけど……他に、誰かいたら、俺また見合いするから」

「せやなあ」

守雄の眉毛《まゆげ》が、困ったように下がる。

「そら曾孫の顔は見たいけどなあ。もうええで、陸。そない無理せんでも」

「別に無理なんかしてない！」

陸はつい大きな声を出した。廊下の外から、「病室では静かに！」と看護師長が怒る声がした。

慌てて声を潜《ひそ》めて陸は断言する。

「待ってて。俺、がんばるから」

「ちょお、陸」

「絶対、待ってて」

絶対にまだ死なないでくれと、祈るような気持ちで告げて陸は病室を出た。

「陸、待ちゃぁ」

引き止められたが、陸は聞かない。今振り向いたら、泣きそうだった。

病院を出て駐車場に向かうと、陸は秋信の車に駆け寄った。目を赤くしている陸を見て、秋信が心配そうな顔をする。

「どうしました」

「なんでもない」

気丈《きじょう》に答えて陸は前を見据えた。もう時間がないのではないかという危惧《きぐ》で、胸がいっぱいだった。

その焦燥に急《せ》かされるまま、陸は秋信に告げた。

「……他に、女用意してくれ」

「は？」

と、秋信が珍しく驚く。陸は続けた。

「もうこの際誰でも……いや、じいさんが気に入りそうな人なら、誰でもいい。じいさんの女の好み、わかるか？」

陸の真剣な提案に、秋信は思わず、という風情《ふぜい》で噴《ふ》きだした。陸はムッとした。

「笑うなよ！　真面目に話してるんだ！」

「すみません」

笑いを噛み殺しながら、秋信は言った。

「しかし、親父さんの女の好みは関係ないでしょう。結婚するのは陸さんなんですから」

「そうだけど……っ……関係は、あるんだよ……っ」

陸は、膝の上で拳を握りしめた。これ以上、守雄を失望させたくないのだ。あんなに痩せてしまった守雄を。

秋信が、火のついていない煙草を指先で弄びながら提案した。

「じゃあ、明日にでも用意致します」

「明日？」

これには陸も驚いた。

「早いな……」

「坊ちゃんの命令ですからね」

あまりにも軽く秋信が言うので、陸はなんだか拍子抜けした。結局吸わなかった煙草をケースに戻し、秋信は車のイグニションキーを回す。

前を見たまま秋信は、微笑んで呟いた。

「誰でもいいなんて、言わないで下さいよ」

「なんで」

「なんででもです」

妙にはっきりと断言されたが、陸にはそれを慮《おもんぱか》るような余裕はなかった。

「……でも今は」

こんなことを言うのは、自分でも惨めだったけれど。

「贅沢《ぜいたく》言ってられる状況じゃ、ねえんだよ……」

「そうですか」

秋信はそれ以上、追及はしなかった。

◆◇◆

休む間もなく翌日。

陸は、秋信に連れられてホテルに来ていた。

普段利用するのは帝都ホテルだが、昨日の今日で同じ場所に来るのは流石《さすが》に憚《はばか》られる。

そのことを言わなくても秋信はわかってくれたようで、今日の待ち合わせは都心から少し離れた横浜のベイサイドホテルだった。

秋信の仕事と、陸の大学の講義が終わるのがともに午後七時だったから、待ち合わせは午後八時半とした。

秋信に連れられてロビーラウンジに行くと、女性が先に着いていた。

「こんにちは」

彼女がソファから立ち上がった。七恵とは対照的な、清楚《せいそ》な感じの女性だった。

「初めまして」

陸も挨拶《あいさつ》をし、対面に座った。秋信も陸の隣に腰掛ける。

秋信が二人を交互に紹介した。

「こちらが藤堂理津子《とうどうりつこ》さん。我が社の経理部に勤めてらっしゃいます。藤堂さん、陸さんのことはご存知でしたよね？」

「ええ、甲田《こうだ》さんと一緒に時々社のほうにもいらしてたでしょう？　遠くからよくお見かけしてましたから。甲田さんと陸さん、本当の兄弟みたいに仲良しですねってみんなで言ってたんですよ」

「そうだったんですか……」

まさかそんなに人に見られているとは思っていなかったから、陸はなんだかくすぐったい感じがした。

藤堂理津子は二十三歳で、秋信の言った通り、陸の祖父である守雄が経営している柴崎《しばざき》興産に勤めているらしい。秋信は柴崎興産の専務だから、理津子の上司ということになるのだろう。

理津子は七恵とは違い、穏やかに優しく話すタイプの女性だった。七恵とはタイプが真逆だが、清楚で落ち着いているという点は陸に安心感を与えた。

つい先日、なかなか苛烈《かれつ》なことを七恵に言われた身としては、今はあまり気の強そうな女性とつきあう気力がない。今の自分にはちょうどいいタイプだと陸自身も思い、秋信に感謝した。

結婚を視野に入れた交際となるとどうしても年上の女性になってしまうのは、否めない状況だ。

陸がまだ二十歳である以上、まず同い年や年下の女性は望めないだろう。そんな年齢の女性がいきなり見合いに来ることは、現実的にあまりない。

(でも、あんまり若い女の人より、これくらい落ち着いてる人のほうがじいちゃんの気に入るかもしれないし)

そう考えてからふと、陸はあることに気づいた。

『自分の女性の好み』についてである。

(そういえば俺、あんまり好みって……ないな)

七恵の時も、この理津子にしても、第一印象は悪くない。ごく普通に礼儀正しく、ごく普通に清潔であれば、それ以上望むものなど陸にはなかった。

欲がない、といえばそうだろう。しかし、『欲がない』ということが今の陸の障壁になっているのは確かだ。

欲がない、つまり、性欲を感じられない。

だから、七恵とセックスができなかった。

色んなことに思い至り、陸はますます気持ちが沈んできた。

（でも……なんとか、がんばらないと……）

そこから先が陸にとっては苦行だった。決して人見知りするほうではないのに、何を話していいのかわからなくなった。

（何から話そう……？）

まさか初対面でいきなり、「結婚して下さい」とは言えない。

秋信によると、彼女はこれが『見合い』であることをちゃんと理解して来てくれているそうだが、それはそれでどう話を切り出していいのかが陸にはわからない。

口数の少なくなった陸を、秋信はさりげなくフォローして間をつないだ。理津子も、よく気遣って話してくれた。

しかし、その当たり障《さわ》りのない会話の中で、陸はまたあることに気づいてしまった。

（この人……）

陸に、「いきなり見合いの話を持って来られて、びっくりしませんでしたか」と聞かれた時、理津子はこう答えた。

「突然だから少しびっくりしたけど、大丈夫」

そこで理津子は、秋信に視線を送った。

「甲田さんが持ってきて下さったお話だもの」

何気《なにげ》ないその一言に、深い意味が含まれているとは限らない。しかし陸は、気づいたのだ。

（この人、秋信のことが……）

好きなんじゃないのか？

その疑念は、拭い難く陸の心に根差した。

大体、昨日今日でいきなり見合いの話を持って来られて、すぐに決断して会いに来る、という行動自体おかしいのではないか？　疑いだすときりがなかった。

彼女が秋信を好きだという確証はない。けれど何か、本能のようなものが陸に叫ぶのだ。

結局その日は、当たり障りのない会話だけして別れた。

都内の自宅に戻る道中、秋信は車を運転しながら陸に聞いた。

「如何《いかが》でしたか、彼女は」

「……うん」

沈んだ面持ちで陸は答えた。

「いい人だと、思う」

「そうですか」

秋信はいつもとまったく変わらない。義務なのか優しさなのか判然としない、完璧な笑顔で陸に接する。

その優しさが、時折陸を不安にさせる。

「……でも」

思い切って陸は切り出した。

「あの人、おまえのことが好きなんじゃないか……？」

「え？」

さも心外そうに、秋信は一瞬だけ陸を見てから前方に視線を戻した。

「まさか。そんな人を陸さんに紹介したりはしませんよ」

「おまえが気づいてないだけで、本当は彼女のほうはおまえのことを好き、って可能性は考えたことないか？」

やけに突っかかるような口調で言ってしまい、陸は「しまった」と後悔した。これじゃあまるで、嫉妬《しっと》しているみたいだ。

（嫉妬……？）

ぞくりと、悪寒《おかん》がした。その嫉妬が、秋信に向けられているのならまだいいと陸は願った。女性の好意が秋信に向かっていることに対する『真っ当な』嫉妬ならば、まだマシだと。

（俺は……）

けれどこの『嫉妬』の正体は。

そこまで考えた時、突然秋信が急ブレーキを踏んだ。「わっ」と声を出して陸は前につんのめった。

「な、なんだ？」

陸は慌てて顔を上げ、前を見た。若い女性が、二車線の道路の真ん中で仁王立ちになっている。

（轢《ひ》いてはいない、よな？　なんであんな所に……）

しげしげと陸は女性の顔を見た。髪の長い、きつい顔立ちの美人で、年は陸と同じくらいか。怒った顔をして、こちらを睨んでいる。

そのあまりの人相の険《けわ》しさに、陸は戸惑った。

（知らない人のはずだけど……）

「すみません、陸さん」

「え、ああ」

秋信に謝られ、陸ははっと我に返る。

秋信が運転をミスすることは今まで一度もなかった。それに今の急ブレーキは秋信の過失ではない。

しかし秋信は、陸がそう伝える前に車を路肩に寄せて降りた。

「ちょっと説得してきます。陸さんは車から降りないで下さい。窓も開けないで」

「説得？」

いきなり何を言い出すのかと、陸は驚いた。秋信は一人で車を降りて、進行の妨《さまた》げになっている女のもとへ向かった。

車の窓が閉まっているため、何を話しているのかよく聞き取れない。が、女と秋信は知り合いのようだった。

女が、秋信に食ってかかっている。何やら激しく罵《ののし》っているようだ。女と秋信は、頭一つ分くらい背丈が違っていた。小さな手で、女が秋信の胸板を叩く。秋信は適当にいなしている様子だ。

と、その時、女がポケットから銀色に光る物を抜いた。

「ちょっ……！」

刃物だ、と直感して、陸は反射的に車から降りようとする。その刃物が、秋信に向けられていたからだ。

しかし、陸が駆けつける必要はなかった。秋信は軽々と彼女の手から刃物を取り上げ、自分のポケットにしまった。

それから二、三分何かを話し、秋信は女から離れた。女は相変わらず般若《はんにゃ》のような顔でこちらを睨んでいるが、もう追っては来ないようだ。

「お待たせしました」

運転席に戻ってきた秋信に、陸が愕然として尋ねる。

「な、なんだったんだ、今のは」

「ああ、妹です」

まるで天気の話でもするように気楽に返事されて、陸はぎょっとした。そんな話は初耳だった。

「妹!? 妹がいたのかよ、おまえ！」

「はい。異母妹ですけどね」

あまりにも突然のことだったのと、さっきの見合いのことが心に引っかかっていた陸は、疑《うたぐ》り深く尋ねていた。

「本当に妹か？」

「どうしてそう思うんです？」

逆に聞き返されて、陸はうっと言葉に詰まる。どうして、と問われると弱かった。

秋信が可笑《おか》しそうに続けた。

「異母妹にしてはわりと似てるって言われるんですけどね」

「……そうかよ」

言われてみれば似ていないこともなかったが、そんな印象程度のことは確証にはならない。

気がつくともう家の近くまで来ていた。家に着く前に、陸は聞いた。

「妹がいるって、なんで俺には言わなかったんだよ？　じいさんは知ってるのか？」

秋信の家族構成について陸が知っているのは、母親はとうになく、父親とも絶縁状態だということくらいだった。

陸がここに来た時にはもうとっくに秋信は成人していて、家族の気配を感じさせなかった。

陸の質問に、秋信は淀《よど》みなく答えた。

「親父さんは知ってますよ。ただ少し、複雑な話だったんで」

「複雑って……」

もしかして、異母妹であるということだろうかと陸は想像した。だとしたら悪いことを聞いてしまったのではないか、と。

車庫に車を入れながら、秋信は話した。

「自分は十三で家を出て、それ以降は親父さんのところから学校に行かせてもらいましたから。妹が生まれた時にはもう、家にいなかったんです」

「妹さんはいくつなんだ？」

「陸さんと同じですよ。二十歳です」

陸は頭の中で計算した。秋信は今三十五歳だから、妹が生まれる二年前には家を出たことになる。

「家を出てからもたまに妹には会いに行ってたんですけどね。どうやらそれがまずかったらしい」

「まずいって、何がだよ？」

そこから先は、車を降りて家の中で話した。

リビングで秋信は、スーツの上着を脱いだ。

広い家には今、秋信と陸の二人しかいない。お手伝いさんは週に三回の通いで、家事は大体秋信がしてくれている。小さい頃に陸が、お手伝いさんを追い出した余波がこうして未だに残っていた。

リビングに落ち着くと、秋信は話の続きをした。

「なんというか、私から自立できない子に育ってしまいまして。ちょっと情緒不安定なんですよねえ」

（ちょっと……？）

いきなり刃物を振り回すのは「ちょっと」で済まされるのだろうかと陸は訝しんだが、あえて言わないでおいた。

秋信が嘘をついているとも思えなかったから、陸は一応、納得した。

（あの子、俺のこと睨んでたな……）

陸は、話したこともない秋信の妹に少しだけ同情した。『秋信から自立できない』という点に対して特に。

秋信に『保護』されているのは、とても心地いい。あまりにも心地よすぎて、自立できなくなってしまう。甘い毒のような危うさがある。

なんとなく気になって、陸は妹について聞いてみた。

「妹さんの名前、なんていうんだ？」

「春花《はるか》です。春の花と書きます」

「いい名前だな」

それだけ言って陸は、リビングのソファから立ち上がる。

多い。


「風呂入って寝る。おやすみ」

「はい、おやすみなさい」

陸はシャワーを浴び、自室に引きこもった。最近、落ちこむ所為《せい》か妙に早寝することが多い。


しかしなんだか、明日からのことを考えると気が重くて、ベッドに入ってもなかなか寝つけない。


薄く目を開け、橙色《だいだい》の灯りを見ながら、陸は何度も寝返りをうった。

(まずいな、これ……自分で思ってるより、落ちこんでるのかな)

気鬱《きうつ》なのは、明日からまたあの新しい見合い相手である藤堂理津子との『関係』を築いていかなければならないことだ。

(こんな気持ちで結婚したり子供作ったりするのって、やっぱり、よくない……よな……)

けれど今の陸には、余命幾ばくもない祖父に対してしてやれることがあまりにも少ない。もし他にいい方法があればぜひそちらにシフトしたいが、現状それも思いつかない。

(秋信は、俺のことどう思ってるんだろう)

秋信は決して本音を言わない。本音というより、感情そのものを見せない。それが陸に対してだけなのか、或いはすべての人に対してなのかはわからないけれど。

陸にはそれが淋しかった。

（秋信は俺のこと、軽蔑《けいべつ》してるかも知れない）

陸に対しては、決して否定的なことを言わない秋信だけれど。

陸は今、自分の行動に自信や確信がなかった。祖父を喜ばせたいという気持ちは変わらないが、なかなか上手《うま》くいかないのがもどかしい。

（秋信なら、きっと上手くやるんだろうな）

秋信だったらきっと、簡単に女を口説《くど》けるだろう。

実際、秋信が女を取っ替え引っ替えしていたという噂は、柴崎興産の若い者の口からよく聞いた。

最近はだいぶ大人しくしているようだが、今日会った藤堂理津子の様子からも、女にもてている様子は窺えた。

秋信ならきっと、簡単に口説いて、簡単に女を抱くのだろう。一昨日、自分にしたようなことを、いとも簡単に。

そう考えると胸が痛んで、もやもやして、陸はじっとしていられなくなる。

シーツに顔をうずめると、微《かす》かに秋信の匂いがした。あの後、陸はわざとシーツを替えさせなかった。

秋信の残り香が惜しかったからだ。

シーツに顔をうずめ目を閉じると、一昨日のことが生々しく脳裏に蘇《よみがえ》る。躰が、熱くなる。

なんとか打ち消そうとしても、打ち消せるものではなかった。

この想いは、禁忌だ。

色んなものを失くしてしまう。

そうわかっていても、打ち消せない。

「……ん……」

もぞりと、手が動く。

いけない、と思うのに、手を止められない。

(本当は――)

秋信にしか、欲情できない。

秋信に、抱かれたい。女みたいに、されたい。

一昨日の行為で陸ははっきりと思い知らされた。

自分は、秋信が好きなのだ。性的な意味でも。

(でも、そんなのは駄目だ……)

もしそれを言ったら秋信はどうするだろうかと考えると、陸は足が竦《すく》む。

秋信はきっと、拒絶はしないだろう。彼の忠誠心は度を超えている。陸が望めば、これからも平気で陸と性行為をするだろう。

（でも、それは……）

自分が、守雄の孫だからだ。

秋信が忠誠を誓っているのは、陸個人に対してではない。守雄が築いた、柴崎興産という組織に対してだ。

そのことが陸を傷つける。臆病にさせる。

（だから、絶対に駄目だ……）

この想いは口にしない。

絶対に誰にも知られないよう、秘める。

それが陸の決意だった。

けれど躰は哀れなほど素直で、たった一度の行為を思い出し、高ぶる。

「ふ……は……っ……」

パジャマの中で、手が蠢《うごめ》く。微かに膨らみ、熱を持ち始めたそれを、陸は軽くこすったり弄《いじ》ったりする。

だんだん、下着での圧迫が苦しくなってくる。

陸は、そろりとパジャマと下着を脱いだ。

「……う……」

自ら曝した下半身を見て、陸は紅くなった。秋信を想って興奮したことが、恥ずかしかった。

一刻も早くこのはしたない性器を収めたくて、陸は自慰を続けた。

「う……っ……ン……ッ」

声を殺し、陸は自身をこすり上げる。一昨日、秋信にしてもらって気持ちよかった箇所を、無意識に重点的に弄る。

けれど、秋信にしてもらうほどの快感は、自分の手では得られなかった。

(や……なん、で……)

闇雲に、痛いほど茎をこすり、先端を弄る。じわりと熱い蜜を滲《にじ》ませる小孔を指の腹で抉《えぐ》り、ぬるりと全体に塗りこめる。

それだけでは足りなくて、陸はパジャマの上着を自ら捲り上げた。冷たい指先が、胸板のコリッとした粒に辿《たど》り着く。

(ここ……)

一昨日、秋信が散々弄った。

『女はね、ここを弄られるのが好きです』

そう言いながら、秋信の指は陸の乳首を捏《こ》ねた。

『こうやって指で弄くって、硬くなってきたら口でするといい』

「あ……っ……」

秋信にされたことの仔細を思い浮かべ、陸は自分の乳首をつまむ。ぎゅっと、痛いくらいに引っ張る。

(変……な感じ、する……)

そこを弄るたびにぴくぴくと下半身の屹立《きつりつ》が震えた。感じている証左だ。

秋信はあの後、ここを舐めた。執拗《しつよう》に。

『吸われると気持ちいいでしょう?』

(気持……ち、いい……)

はぁっ……と大きく息を吐き、陸は快感を認める。秋信にされた淫行のすべてが、気持ちよかったことを。

それに比べて、自分の手でする拙《つたな》い自慰は、もどかしすぎて陸を苛立《いらだ》たせる。

「う、ン……ッ……く、……ンン……ッ」

声を殺し吐息を乱しながら、陸は身を捩った。快感は中途半端で、いつまで経《た》っても射精には至らない。

やがて陸のペニスは、中途半端なまま萎《な》えた。

(なん、で……)

荒れ狂う欲望は確かにまだ陸の下半身に渦巻《うずま》いている。なのに発散できないのは、たまらなくつらかった。

(俺、自分じゃこんなこともできないのかよ……)

下半身だけを曝した淫らな姿で、陸はベッドに身を投げ出す。疲れがどっと、押し寄せる。

このまま眠ってしまおうか。そう考えた時、寝室のドアをノックする音がした。

「陸さん? まだ起きてますか」

「な……っ」

秋信の声だった。

どうしてこんな時に、と陸は慌てた。今、ドアを開けてはいけない、少し待て、と陸が言う前に、秋信はドアを開けた。

「あ……!」

陸は慌てて毛布を引き寄せたが、一瞬遅かった。秋信は陸の艶姿を見て、「おや」と可笑《おか》しそうに呟いた。

「色っぽい格好だ」

「で、出て行けよ…っ！」

恥ずかしさに震えながら、陸は叫んだ。

いつもならちゃんとノックして入ってくるのに、どうしてこういう時だけいきなりドアを開けたのか。陸は、秋信を責めたい気分だった。

秋信は悪びれることなく、目礼した。

「失礼しました。が、明日以降のことをお伝えするのを忘れてましたから」

「明日以降のことって……？」

「今日お会いした、藤堂理津子嬢のことです」

その名前を出された途端、また陸は胸を痛めた。が、秋信を責めるわけにはいかない。

秋信は職務を忠実に実行しているだけなのだから。

「お望みでしたら積極的に会えるよう取り計らいますが、如何しますか？」

「……頼む」

苦しさを隠して答えると、秋信はいつものように頷いた。

「わかりました。ところで、陸さん」

「なんだよ」

「そんな格好では、風邪をひきますよ」

「な……っ」

秋信は早足でベッドに近づくと、陸の下半身を覆う毛布を剝《は》いだ。途端に陸の、淫らに濡れたペニスが露にされる。

慌てて両手で隠そうとするのを、秋信が止める。そして、まるで当たり前のことのように言うのだ。

「温めて差し上げます」

「や、やだ、見るな…ッ！」

萎えているのを秋信に見られたくなくて、陸は滅茶苦茶に暴れた。それを秋信は、容易《たやす》く征服する。言葉だけは優しいままで。

「すみません。私の教え方が悪かったようですね」

「違う……！」

「悩んでらっしゃるようでしたから、お力になりたいんです」

「秋信……？」

何か、変だ。陸は困惑した。秋信の手は強引過ぎる。

頭では違和感を抱いているのに、陸の躰からは力が抜ける。秋信の声が、匂いが、陸の思考を蕩《とろ》かす。

（……だ、め……だ……）

「誰を想って、自慰をなさってたんです？」

まるで弱味を握るように陸のペニスを握って、秋信が問う。陸は答えない。それは絶対に、言えないことだ。

秋信の舌が、陸の耳朶に触れる。陸の肌が、ぞくりと粟立《あわだ》つ。呪文のように甘く低い声で、秋信は陸を責める。

「理津子さんですか？　それとも、七恵さん？」

「……そう、だ……っ」

苦し紛《まぎ》れに陸は肯定した。そう言う他になかった。

（秋信と……したい……）

秋信に握られただけで、陸の雄蕊《ゆうずい》は熱を取り戻す。さっきまでの歯痒《はがゆ》さが嘘のように、熱く硬く反り返る。

秋信に触れられただけで。声を聞いただけで。

（嘘を、つけばいい）

陸の心に影が差す。

嘘をつけばいいのだと。

秋信なんか好きじゃないと、ただ性的なことがしたいだけだと言えばいい。そう言えば秋信はいくらでも淫らなことをしてくれるだろう。

ただの、義務感で。

そう思い至った途端、陸は泣きそうになる。それでも涙を堪え、陸は嘘をついた。

「おまえが……しろよ」

秋信はまだ陸の耳朶を舐めている。

「欲求、不満なんだ。俺の、これ……」

陸は腰を突き上げる。

「一昨日みたいに……処理、してくれ」

陸がそう言い終えた途端、秋信は陸の耳朶を強く噛んだ。そして同時に、手の内に捉えた陸のものを強く握った。

「あっ……！」

痛みに、陸が呻《うめ》く。秋信の唇が、酷薄《こくはく》に歪《ゆが》んで笑う。

「いいですよ。私はあなたの」

「ひっ……い、痛……ッ」

「教育係ですから」

言い終えるや否や、秋信は陸の股間に顔をうずめた。豊かな黒髪が、陸の太腿を擽《くすぐ》る。

熱い口腔が、陸のペニスに吸いつく。急激に、乱暴に。

「や、い、きなり、は……あァッ……！」

強く吸われて陸は、秋信の髪を両手で掴む。

亀頭から幹の部分を強く吸われ、グリグリと玉を揉みしだかれ、まだ快感に慣れていない陸はすぐに射精しそうになる。

「い、いきなり、は、嫌、だ……っ……で、出る……すぐ、出、ちゃ……あァ……ッ！」

「もう少し楽しんで下さいよ、遣《や》り甲斐《がい》がない」

意地悪く言って秋信は陸を口から出し、射精口を押さえた。

「そんなにすぐに射精していては、これから先、女のほうもつまらんでしょう」

「……う……っ……」

拭い難いコンプレックスを指摘され、陸は押し黙った。

秋信は、いつになく意地が悪い。

陸に我慢を強いて、秋信はゆっくりと陸を味わい始める。アイスキャンディーを舐めるように、ねっとりと陸のペニスに舌を這わせる。

「ン……く……っ」

「陸さんのペニスは、小さいですね」

今日の秋信は、本当に残酷だった。陸の男としてのプライドを、わざと砕くようなことばかり言う。

「色も体臭も薄い。陰毛も淡くて、子供みたいだ」

舐める合間に秋信は、卑猥なことを囁き続ける。

「舐めるには、ちょうどいい」

「ひっ……！」

じくりと蜜を滲ませる小孔が、硬く尖らせられた舌で抉られる。柔らかく弾力に満ちてはいるが、その舌の蠢きは酷く嗜虐的《しぎゃくてき》だ。

「まだですよ、陸さん」

「い、痛…っ…」

「女にしてもらうたびに口に出してたら、子供はできませんよ」

「……う……く……」

重ねて屈辱的《くつじょくてき》なことを言われ、顔を逸らした。頭の中に、疑問符が浮かぶ。

（なんで……？）

この前はあんなに優しかったのに、なぜ今日はうって変わったように意地の悪いことばかり言うのか、と。

（でも、もしかしたら）

もしかしたらこれは『意地悪』なんかじゃなくて、『本当のこと』なのかもしれない。秋信が、間違ったことを言うはずがない。秋信に全幅の信頼を置いている陸は、そう考え直

した。

自分が男として不甲斐《ふがい》ないから、そう言われたのだ、と。

（秋信の、言う通りにしないと……）

陸は自ら、四肢の力を抜いた。秋信のすることに間違いはないと信じて、身を任せた。

秋信は一旦上体を伸び上がらせ、陸の額にキスした。

「いい子ですね……」

褒められるとうれしくて、陸は少し安心する。が、その後の行為は、陸の予想以上に過酷だった。

「う、ぁっ……！」

額にキスをした後で、胸板に顔をうずめられ、乳首に歯を立てられる。跡がつくほど強く噛まれて、陸は膝を跳ねさせた。

「い、痛ぇ、って……！」

「少し痛いくらいのほうが感じるでしょう？」

「……ん、なこと、な……ぃ……っ！」

そのまま癒《いや》すように舐め回される。さっき噛まれた時に感じた痛みが、徐々にむず痒さに変わっていく。

そうして乳首を嬲《なぶ》られている自分は、まさしく女のようだと陸は思った。そんな箇所が感じるなんて、恥ずかしいことだと。

（……これは、練習、なんだから……）

女とする時のための練習なのだから、我慢しなければいけない。いずれはちゃんと、秋信のように女を抱けるようにならないといけない。

そう念じて陸は、淫らな行為を甘受する。

陸が大人しいのをいいことに、秋信は好き放題に陸の躰を弄んだ。小さな突起を口に含み、歯で扱《しご》き、強く吸う。空いているほうの突起は、指先でコリコリと弄り回す。

散々に嬲られて縮こまった乳首を、秋信は揶揄《やゆ》した。

「硬くなりましたね。そんなに気持ちよかったんですか」

「……そ、　れは……」

カッと顔を紅くして、陸は口籠《くちご》もる。それはおまえのせいじゃないかと、小声で言い募る。

構わず秋信は、中途半端なまま放っておいた陸のペニスへと顔を移動させた。再び襲い来る快楽の波濤《はとう》を覚悟して、陸は奥歯を噛み締める。

チュッ……と音をたてて、亀頭が吸われる。

「あぁうぅっ……！」

悩ましげに陸は髪を乱した。熱い舌が、陸の鈴口の割れ目を抉る。紅く剝《む》き出しになった敏感な粘膜を、乱暴なくらいに舐め回す。指は、陸の陰嚢を撫でている。

「ふ、ぁ……っ」

「可愛いですね、陸さんは」

陸の陰嚢を撫でながら、秋信が囁く。

「女の抱き方をお教えしているのに、あなたのほうが女みたいだ」

「……う……るせぇっ……！」

わざと乱暴な口調で陸は罵った。やっぱり今日の秋信は意地が悪いと思い直す。

低く笑って秋信は、陸の陰嚢をしゃぶった。片方ずつ口に含み、くちゅくちゅと口の中で転がす。

「ここに」

しゃぶる合間に、秋信は卑猥《ひわい》に囁く。

「陸さんの子種が、たっぷり詰まってる」

「い……やらしいこと、言う……な……ッ！」

「いやらしくしないとセックスなんてできないでしょう？　陸さんも女とする時は同じようにするはずだ」

言われてみて陸は、女としている自分を想像しようとした。が、その映像は頭の中で上手く浮かばなかった。

本当に陸は、秋信としかしたくないのだ。秋信にされて感じているペニスを、陸はぐいと突き上げる。

「黙って、しゃぶれよ…ッ！」

「言うようになりましたね」

楽しそうに答えて、秋信は行為を再開させた。蜜を漏らす一つ目の孔に唇を押し当て、強く吸う。

「う、ふあぁぁっ……！」

呆気《あっけ》なく陸は秋信の口に射精した。陸が射精している間、秋信は陸のものを口に含んだまま離さなかった。陸のすべてを吸い尽くすように、精液を飲み干し、さらに搾《しぼ》り取ろうとする。

「はぁ……っ……ふ……あぁ……っ」

腰骨が蕩けそうな快感に、陸はシーツを握りしめ、腰をうねらせた。秋信は陸のものを口から出し、滲み出す残滓《ざんし》を舐めている。

一度では飽き足らないとでも言うように、秋信はずっと陸をしゃぶり続ける。焦《じ》らすことはせず、二度目の射精に追いこんでゆく。

「やだ……嫌だ、空に、なる……っ！」

陸は秋信の髪を摑んで首を振った。そんなに吸われたら、あっという間に空になってしまう、と。

二度目の射精をさせ、陸の精液を飲み干してもまだ秋信は陸を舐め続けた。まるで陸の精液をすべて搾り取ろうとするかのように、貪欲だった。

(この前……は……)

この前されたことの続きを、陸は思い出していた。

(お尻……の孔に、指……入れられた……)

女の膣にするように、後孔を弄られた。あろうことか陸は、それにすら感じたのだ。

陸の孔が、何かを思い出すようにヒクンと震えた。と同時に、秋信の両手が陸の両膝の裏を摑んだ。

「あ……!?」

不意に下半身を持ち上げられて、陸は困惑を露にする。膝頭が、陸の顔の横にくる。秋信は陸の腰の下に枕を入れ、陸にそのままの体勢を強いた。

「あ、や、な、なん、で……っ」

これはやりすぎだと、陸は焦った。

これじゃあ、全部。

「全部、丸見えだ」

「……ッ……!」

陸の頭に、血が上る。秋信の指先が、暴かれた陸の恥部をなぞる。

「可愛いペニスも、タマも、それに」

「ひっ……！」

「お尻の孔も、全部」

「や、やめ、ろ……っ！」

耐えきれなくなって陸は秋信を蹴り上げようとしたが、秋信はそれをのし掛かって封じた。もっともらしいことを口にしながら。

「女とする時は、全部見せ合うんですよ。これくらいで恥ずかしがってちゃしょうがないでしょう」

「だからって、こんな……！」

「じっとして下さい。暴れると少し痛いかもしれませんよ」

「う……ッ……」

陰嚢を摑まれ、陸は躰を硬くした。秋信は陸が抗うと、絶妙の強さで陸を痛めつけた。それが陸の抵抗を封じた。

陸を大人しくさせると秋信は、ゆっくりと陸の恥ずかしい箇所を観察し始める。

「陸さんは本当に、どこも可愛い。ピンク色のペニスも、子種の詰まった袋も、それに」

「あ……ッ！」

「こんな恥ずかしい孔まで、可愛いピンクだ」

両手の指で孔を左右に拡げられ、陸は総身を震わせる。秋信の顔が、そこに近づいてくる。

「い、ゃだ……っ……それ、あ、ぁっ！」

熱い舌が、ぬるりと陸の蕾を舐めた。

きつく閉じ合わされた皺《しわ》を一本ずつ拡げるように、秋信は舌を蠢かせる。その微細な動きが、陸を懊悩《おうのう》の淵に突き落とす。

「ひ、ぃ、やっ……そ、それ、だ、め……ぇっ……！」

それこそ女のように陸は泣き喘ぐ。足の指が、痙攣《けいれん》するように震えてくっと曲がる。

舌が、きつい媚肉を割って中に潜りこんでくる。ぬめぬめと生き物のように、躰の中で蠢く。

「や、あ、ぁ……！」

舌に沿わせて、指が入れられる。秋信の長い指が、陸の中のある一点を探して動く。

「ひっ……！」

その『一点』に触れられた途端、陸は目を見開き、首を仰《の》け反《ぞ》らせた。

狭隘《きょうあい》な孔の中のその一点を押された瞬間、陸は全身に電流を流されたような衝撃を感じた。

「や、ぁ……だ、めぇっ……！　な、なん、か……くる……ッ！」

そこを押されるたびに、蜜の詰まった袋がきゅんと縮み上がり、陰茎の先端からは熱いものが溢れてくる。

すでに二回出しているのに、陸はまた達しそうになる。

秋信は舌を、陸の肛門と陰嚢の狭間に滑らせた。

「あンぅっ！」

柔らかな袋を指で押し上げられ、曝されたそこは過敏だった。孔の中を弄られる感覚と相俟《あいま》って、陸を痺れさせる。

「ここも、ここも感じるでしょう？　全部いっぺんに責めてあげる……」

猥褻《わいせつ》な囁きも、もう陸の耳には届かない。与えられる刺激の強さに、陸の理性は壊れかけていた。

「出、る……また、出ちゃ……あぁっ……！」

さすがに二度出しているせいか、すぐには射精しないものの、射精に似た感覚はずっと続く。まるで生殺しにされているような快感がずっと続くのだ。

秋信が顔を上げ、陸の躰にのし掛かる。

「子供の作り方を、お教えしますよ」

潤《うる》んで焦点の定まらない目で陸は、天井を見ている。太腿《ふともも》の間には、秋信の胴がねじ込まれていて閉じられない。

散々嬲った孔に、秋信は熱い肉杭の切っ先を押し当てた。

「この孔に……ね」

「……え……あ……！」

びくっ、と陸の背中が震えた。まさか、そこまでされるとは思っていなかったのだ。

「ひ……だ、だ、め……っ……う、そ……だ……っ」

目を見開いたまま震える陸の躰に、秋信は徐々に体重を乗せていく。指で軽く拡げられた孔の中に、太いものが沈んでいく。

（入る……秋信の、入れられ……る……！）

陸は力をこめてそれを拒もうとした。が、執拗に弄られ、濡らされた孔にはもう拒む力は残っていなかった。

陸の蕾は、敢《あ》え無《な》く散らされた。

「ひいぃっ！」

ズン、と腹に響く衝撃があった。太い亀頭が、突き入れられた瞬間だ。陸は、滅茶苦茶に秋信の胸板を叩く。

「嫌だぁっ……大き、いっ……！」

「大丈夫ですよ。陸さんの孔は女のあそこよりぐちゅぐちゅにしたから」

「やぁうぅっ！」

「ちゃんと裂けずに、呑《の》みこんでる。後で繋がっているところを見せてあげます」

秋信は、酷く満足そうだった。声色は冷静だけれど、隠しきれない悦《よろこ》びが滲んでいた。

「ほら、もっと奥まで……」

「ひっ、ぃっ、あっ、あぁっ！」

ずぐ……と一ミリ進むたびに中をこすられ、陸は喘ぐ。最後に秋信は大きく腰を突き上げ、根元まで陸の中に押しこんだ。

「あぁうっ！」

陰毛がこすれあうくらい深くまで繋がると、秋信は陸の上体を起こさせた。

「ちゃんと見て下さい。根元まで、つながってるでしょう？」

「う……ぁ……っ」

その淫らな光景から、陸はさっと目を逸らした。が、一度見てしまったその情景は、陸の脳裏にしっかりと焼きついている。

（本当に……根元まで……）

秋信のものが、自分の中に入れられている。そのことは陸に少なからずショックを与えた。

（どうしよう……）

こんなことまで、させるつもりはなかった。するつもりもなかった。これじゃあ練習ではなく、本当のセックスだ。

(どうしよう……秋信……)

戸惑いと初めての衝撃に震える陸の顎《あご》を、秋信が掴む。決して自分から目を逸らさせないように、自分のほうを向かせる。

「こうやって女に挿《い》れたら、まずは浅いところで出し入れして。こうやって、クチュクチュ音をさせて……」

「やぁ、あっ…ンッ!」

再び押し倒され、いやらしい律動を開始されて陸はまた喘ぎだす。秋信は、さっき指で探り当てた陸の前立腺を、自身を使って責め始める。

「孔の中に、気持ちいい場所があるでしょう? 女だと少し場所が違いますが。それを見つけたら」

「ひっ、ゃっ、ひ、いぃっ!」

「こうして、こすりつけるといい。……ああ、コリコリしていて本当に気持ちいい」

「あぅっンッ…あぁンッ!」

(嫌だ……秋信、それ、嫌だ……!)

嫌だと言いたいのに、まともな言葉が紡げない。

突き上げられるたびに甘ったるい声だけが漏れる。口を閉じることも出来ず、涎《よだれ》が溢れ出す。

本当に気が変になりそうで、陸は怯えた。

「や、め……や、だ、やぁぁ……」

秋信はわざと深くせず、陸の前立腺を責めるために浅く出し入れを繰り返していた。そのたびに陸は自身の屹立を前後左右に振り乱す。

自分の下で、陸のペニスが揺れるのを秋信は愉《たの》しそうに見ている。それが秋信の目を愉しませていることなど、陸は知る由《よし》もない。

「ン、あぅっ！」

揺れる屹立を、秋信の手が摑んだ。陸自身の漏らしたものと秋信の唾液とで濡れそぼつそれが、にゅちっと淫靡《いんび》な音をたてる。

「や、さ、触る、な……ッ！」

今、触られたらもっとおかしくなる。

陸は言外にそう訴えたが、秋信は聞かない。

快楽の芯をこすられるたびに、秋信の巨根で拡げられている孔がきゅんと収縮する。まるで媚びるように、嵌《は》められている肉棒を締め上げる。

その反応を、秋信は責めた。

「陸さんの尻の孔は、本当に女の子みたいですね。ちん●をハメられて、こんなに悦ぶなんて」

「ち、違……ぁぁっ！」

秋信の手が、結合部分に伸ばされる。犯されている孔の周囲や、会陰の辺りを擽《くすぐ》るように弄る。

（嫌だ……止まらない……っ……！）

さっきからずっと、先走りが漏れ続けている。完璧な射精には至らない緩くもどかしい絶頂が、止《と》め処《ど》なく続いているのだ。

「嫌だ……ぁ……！　変、に、な……る……っ！」

陸が涙を零し始めても、秋信は許さない。太いもので陸を犯しながら陸の可愛らしい雄蕊を弄り、さらに胸板に顔を寄せ乳首に舌を這わせる。

「いけない孔だ。もっとお仕置きしないと」

「い、あああぁっ！」

三箇所を同時に責められて、陸はびゅるっと精液を噴いた。さっきのような勢いはなく、漏らすような緩やかな遂精を迎えた。

「はぁ……ふ……は……ぁ……っ」

「誰が漏らしていいと言いましたか？」

射精しているさなかにもズンと突き上げられて、陸は呻《うめ》いた。秋信は、本気で責めるような口調で言った。

「そんなに簡単に達していたら、女を満足させられないでしょう？」

「ン……ぁっ……」

まだ硬いままの陰茎が、ずるりと陸の中から引き抜かれていく。蕩けた内壁をこすられる、その感触にさえ陸は感じた。

秋信は陸の躰を反転させ、四つん這いにさせた。高く掲げさせた尻に、再びゆっくりと自身を埋めこんでいく。

「あ、あぁ……っ」

病みつきになりそうな快感がまた陸を襲う。熱く溶けた媚肉が、剛直が与えてくれる快楽を貪《むさぼ》る。

犬のような体勢で繋がりながら、秋信は陸のペニスに手を伸ばした。たった今達したばかりのそれは柔らかく萎え、秋信の手の中でヒクヒクと震えている。

「私の手を女の膣だと思って、腰を振って下さい」

「ひ、うっ……！」

後ろから突き上げられながら促され、陸は首を振った。間断ない快楽の所為で躰が痺れて、自分では動けないのだ。

しかし秋信は容赦しない。

「練習でしょう？　ほら、自分で動いて。こういうふうに」

「あぁんんっ！」

ずぐずぐと後ろから掘られ、陸は逃れるように腰を振った。涙腺が壊れたように、目から涙が溢れる。

「つ、突い、ちゃ、や、だ……っ……お、尻っ……変、になる……う……っ！」

陸の意思を無視して、後ろでの刺激で陸のペニスは硬さを取り戻した。秋信は陸を突くのをやめた。

「できないならいつまでもこのままですよ」

「……う……っ」

陸は、綿のように疲れ果てていた。羞恥心が限界を超えていた。こんなことは、もう終わらせたかった。

言われるままに陸は、腰を振り始める。後ろから秋信に犯されたまま、秋信の手の中にペニスをこすりつけ始める。

「ふ、……ンン……ッ」

しかしそうすると、こすれるのは手の中のものだけでは済まなかった。後ろに含んでいる、秋信のものも同時に陸の中をこするのだ。

前と後ろを同時に刺激されて、陸はさっきよりも酷い羞恥と快感を強いられた。

「もっと激しく腰を振って。その程度で満足する女はいませんよ」

「あぅっ……ひ……くぅンぅっ！」

ズチャッ……グチャッ……とひっきりなしに音がする。後孔がこすられる音と、ペニスがこすれる音だ。

(気持ち、いい……)

いつしか陸は、うっとりとその快感を貪っていた。躰中が性器になってしまったかのように、感じた。

四度目の射精では、もう勢いよくは飛ばず、とろとろと漏れ出した。秋信は手に受けたそれを、丁寧に舐め取った。

「……陸」

「あ……っ？」

不意に名前を呼ばれ。後ろから片足を持ち上げられる。陸が呆然としている間に、秋信は荒淫を始めた。

「ひ、ああぁぁっ！」

雄犬のように片足を上げさせられ、滅茶苦茶に後ろを突き上げられて陸は泣きじゃくった。

もう何も出ないはずだと信じていた雄蕊が、突き上げられるたびに激しく揺れてピタピタと下腹に当たる。漏れ続ける蜜が、飛び散る。

「ここに、種付けしてあげる。女みたいに……」

何かに憑《つ》かれたように、秋信が囁いている。陸にとっては意味不明の言葉を。

「誰にもやらない……一滴だって、くれてやらない……」

「あぅっ！　ン、あぁうっ！」

強引に首を傾けられ、唇を貪られる。その合間にも秋信は腰を突き上げ、陸のペニスをこする。

「く、狂、ぅ……狂……ちゃ……っ……あぁっ……！」

秋信に犯されている中が、燃えるように熱い。こすられている雄蕊が漏らす蜜は秋信のものだ。

やがて秋信は、陸の体内に大量の白濁を放った。

「貴方《あなた》が孕《はら》んでしまえばいい……！」

「ひ、あぁぁあっ！」

どぷっ、と躰の中で何かが弾けた。熱い体液が、陸の敏感な内壁を叩いた。沁《し》みるようなその感覚に陸は、もう何も出ない性器を震わせた。先端の孔から、じくりと熱い残滓を

漏らした。

「ん、ふうぅっ……」

一度だけでは飽き足らないのか、秋信は再び陸を組み敷いて、もう一度犯した。陸の小さな孔は秋信の精液で満たされ、引き抜かれた途端に白濁を噴いた。秋信はその様を、満足そうに見つめた。

「尻の孔から射精しているみたいですよ……」

「や、……ぁっ……」

白濁まみれの孔に、指が侵入してくる。二度射精して萎えた自身が再び勃起するまで、秋信は陸の孔を弄った。散々犯された蕾は蜜孔と化し、二本の指で掻き回されてクチュクチュと女のように啼いた。

「陸さん……陸……」

「ン……ん……」

キスの合間に名前を呼ばれ、髪を撫でられて、陸はうっとりと目を閉じる。四肢を秋信に絡めて、甘えるように自らペニスをこすりつける。

そうすると秋信は、余計に滾《たぎ》った。

それから後のことを陸はよく覚えていない。その夜、気を失うまで陸は、秋信に犯された。

# 5

鳥の声がする。いつも庭の木にやって来る雀たちの声だろう。夢うつつの中で陸《りく》はそれを聞いていた。

「……ん……」

ようやく意識が戻って来る。

ずいぶん長く眠った気がするが、疲れは取れていなかった。下半身を中心として、酷《ひど》くだるい。

それでもなんとか首を振り、陸は目を開けた。見慣れた天井の模様がまず最初視界に入った。

（なんか……ぼーっとする……）

ずいぶん長く、悪い夢を見ていた気がした。

昨夜の出来事を、陸はなかなか現実のものとして思い出せなかった。頭が、思い出すことを拒否しているようだった。

上体を起こすと、下肢に鈍い痛みが走った。

陸はちゃんとパジャマを着ていた。昨夜の荒い淫行の痕跡《こんせき》は、陸の躰《からだ》からもシーツからも綺麗に消されていた。だから陸は最初、あれはすべて夢だったのではないかと疑ったのだ。

しかし躰は、如実《にょじつ》にそれを覚えていた。

（ゆうべ……）

性器の辺りに、今まで感じたことのない痺《しび》れと痛みが残っていた。痕跡は消されていたけれど、匂いは微《かす》かに残っている。

秋信《あきのぶ》の、残り香だ。

それが自分の躰からした。

（秋信と……したんだ）

この前みたいな『遊び』ではなくて。

陸は、女のようなことをした。

正確には、されたのだ。他でもない秋信に。

（あれ……本当に……？）

あれは本当に秋信だったのだろうか。夢ではなかろうか。それすらも陸は、危うくなってくる。

秋信があんなことをするなんて、信じられなかった。誰よりも優しくて大人で、忠実だった秋信が。

昨夜の記憶は生々しく陸の躰と脳裏に蘇《よみがえ》り始める。

散々貫かれ、苛《いじ》め抜かれた後孔はまだ熱と痛みを帯びている。何度も射精を強いられた性器も、同じような感覚を残している。

(どうしよう……)

陸はベッドの上で膝を抱えた。どんな顔をして秋信に会えばいいのか、わからなくなった。

(なんで、あんなことしたんだ……?)

昨夜の秋信は、陸の目から見ても明らかにおかしかった。昨夜秋信が言った言葉の一つ一つが、陸を悩ませる。

『誰にもやらない……一滴だって、くれてやらない……』

『貴方が孕んでしまえばいい……!』

まったく秋信らしくない、激しい口調だった。それに陸のことを、初めて呼び捨てにもした。

それらすべてのことが、陸には不可解だ。それじゃあまるで、秋信は。

(俺のこと、好きみたいじゃん……)

それだけはあり得ない気が、陸はした。

もしも秋信が自分を好いていてくれたのなら、そもそも他の女と娶《めあわ》せようとしたりしないはずだ、と。

情交の痕跡は、本当に綺麗に消されていた。微かな残り香と躰に残る感覚がなければ、あれは夢だったのだと本気で思ってしまいそうなくらいに。

時計を見ると、時刻は七時半だった。今日は土曜日だから、秋信はまだ階下にいるはずだ。陸は、しばらくベッドの上で考えこんだ。

秋信に会うのが怖かった。どんな顔をして会えばいいのか、わからないのだ。もう、普通に話すこともできそうにない。

(どうしよう……秋信……)

こんな時陸が頼る相手は、いつも秋信だ。が、今回、陸を悩ませている相手はその秋信だから、秋信本人に相談するわけにはいかない。

(でも、どうしてあんなこと言ったのか、聞きたい)

もしかしたら、秋信が自分を好いていてくれるのではないか。そんな希望を、陸は捨てきれなかった。

鈍く痛む躰をなんとか奮い立たせ、陸はパジャマから普段着へ着替えた。いつまでも自室に閉じこもっていても埒《らち》はあかない。

そろりと、足音を忍ばせて階下へと降りる。別に足音を忍ばせる必要なんてないはずなのに、無意識にそうしていた。

リビングに降りると、コーヒーの匂いがした。部屋は暖かい。秋信がいる証拠だ。

秋信はソファに腰掛け、新聞を読んでいた。

新聞に目を落としたまま、秋信が言った。

「おはようございます」

「お……はよう」

答える陸の声は、不自然に掠《かす》れる。

秋信のほうは、声も表情もまるで変わっていない。

「朝食、できてますよ」

「うん」

まったく変わらぬ様子で言われたから、陸もそう答えるしかなかった。秋信の顔を見ていると、昨夜のあれは本当に夢だったんじゃないかと思えてくる。

いつものように陸は、秋信の給仕で朝食を食べた。

本当に、いつもと変わらない朝だ。

けれど、皿を取る時に指先が触れた瞬間、秋信の手が一瞬だけ震えた。それを陸は、見落とさなかった。

たかが指が触れたくらいで、秋信が動じるなんて今までだったら考えられないことだ。

そのことが陸の躊躇《ためら》いを払拭《ふっしょく》した。

「昨日……」

思い切って陸は、昨日のことを口にした。

「昨日、なんであんなこと……したんだ……？」

「練習でしょう？」

カップに視線を落としたまま、秋信は淡々と答える。

「他に何がありますか」

「……ッ……！」

その言葉に、陸は胸を抉《えぐ》られるような感じがした。酷く冷たい言い方だった。

「じゃ、なんで……」

自然と声が震える。

「なんで、あんなこと言ったんだよ……⁉」

「あんなこと、とは？」

やっと秋信が視線を上げる。その冷たい眸に陸を映す。

「それは……」

陸は顔を紅くし、俯いた。とても自分の口からは言えない言葉だったからだ。

秋信はそれで、話題を打ち切った。

「陸さん、今日はおかしいですね」

微笑みながら言われて陸は、がちゃんと食器を鳴らしてダイニングテーブルから立ち上がった。

悲しくて、秋信の顔を見ていられなくなったのだ。

二階の自室に駆け戻った陸を、秋信は追ってこなかった。こんなことは初めてだ。

（秋信……）

部屋にはまだ微かに、秋信の匂いが残っている。

（嘘……ついてるのか？）

否、嘘はついていない。秋信は、肯定も否定もしなかった。

それは一番卑《ひ》怯《きょう》な手だと陸は思う。陸には逃げ道がないのに、秋信にはあるのだ。

陸はその日一日を、部屋に閉じこもって過ごした。秋信の気配は、階下から消えなかった。

◆◇◆

明けて翌週。如月《きさらぎ》も終わりに近づき、ほんの少しだけ春の兆しが見えてきた頃。

陸はまた秋信に連れられて、藤堂理津子と会っていた。場所はこの前と同じ、横浜のホテルのロビーだ。

爽《さわ》やかな晴天とは裏腹に、陸の心は暗かった。あれから秋信とは、あまり口をきいていない。秋信のほうは平素とまったく変わらぬ様子で陸に接したが、陸のほうはそうもいかないのだ。

ティーサロンで、運ばれてきた紅茶が冷めていく。理津子と会うのも二度目ともなれば自己紹介的な話題も尽き、陸はますます会話に窮《きゅう》した。秋信とのこともあったから、尚更だ。

「陸くん、大丈夫？　なんだか顔色が悪いみたいだけど」

理津子に顔を覗きこまれ、陸は慌てて首を振る。理津子は今日は、春らしい薄紅色のセーターを着ていた。

「へ、平気です。なんともありません」

「そう？　もしも具合悪いなら、どこかで休む？」

理津子は常に優しく、その名の通り理知的だった。しかし陸は、その微笑みに安らぎを感じることはできない。

陸が「いいえ」と答える前に、秋信が答えた。

「そうだな。上の部屋で休むといいでしょう」

「え……？」

唐突に腕を摑まれて、陸は当惑を露にした。

「でも、そんな急に、部屋なんか……」

予約もなしにいきなり部屋に行くのはおかしいだろうと言い募る陸を、秋信が見下ろしている。

陸は、その笑顔に不穏なものを感じ取った。

「取れますよ。ここは馴染みですから」

思わず助けを求めるような視線を、陸は理津子に向けた。が、理津子はすべてを弁《わきま》えているかのように、何も言わない。

嫌な、本当に嫌な予感がした。陸は急に、秋信が怖くなった。秋信はこの前から、普通ではない。

凍えた声で、陸はその名を呼ぶ。

「あ、秋信……」

「実はもう部屋を取ってあるんです。鍵もここにある」

秋信はポケットからカードキーを取り出す。

陸の腕を摑む指の力が、また強くなる。

「だから陸さんは」

「秋信、嫌だ……!」

大声を出すのは躊躇われて、押し殺した声で陸は抗った。それも虚しく、引きずられるように ソファから立たされ、エレベーターへと連れて行かれる。

「安心してゆっくり、休んで下さい」

陸は、誰かに助けを求めることも叫ぶこともできなかった。

そんなことをしたら、秋信に恥をかかせてしまう。この期に及んでも陸が大切なのは、秋信だ。

理津子が何も言わないのが、とても不気味《ぶきみ》だった。彼女は何かを諦めたように、陸を見ない。秋信のことも、見ない。

エレベーターで二十二階に上がり、スイートルームに連れこまれる。

理津子は、一連の出来事をまるで他人事のように看過して、優雅な仕草で上着を脱いで言った。

「シャワーを浴びてきますね」

「必要ない」

答えたのは秋信だ。それを聞いて理津子は、ふっと微苦笑を漏《も》らす。初めて理津子と出会った時に陸が抱いた感想は、恐らく当たっていた。

秋信と理津子は、『そういう関係』なのだろう。でなければいきなり、こんな会話ができるわけがない。それくらいは、性的なことに疎《うと》い陸にだってわかる。

理津子は黙って、服を脱ぎ始めた。

セーターを脱ぎ、スカートを下ろし、下着姿になる。扇情的《せんじょうてき》な意匠の黒い下着だ。レースのついたカップに、たわわな乳房が詰まっている。

それを見ても陸は、やはり微塵《みじん》も興奮できなかった。ただ、怖ろしいだけだ。これからなされようとしていることが。

「さあ、陸さん」

声と顔だけは相変わらず優しく、秋信が陸を追いつめていく。じりじりと、壁際に追いつめられる。

「な、んで……？」

「なんでって、それは」

苦笑に交えて秋信が説明する。

「陸さん自身が望んだことでしょう」

「こんなのは違う！」

陸は叫んだ。

「り、理津子さんにだって……悪い、だろ……！」

「わたしは構いませんよ」

すかさず答えて、理津子は嫣然《えんぜん》と笑う。

「最初からそのつもりで来ましたから」

「そんなの、おかしい……！」

重ねて告げて、陸は首を振る。この異常さを、陸は到底受け容れられない。

いつから。どうしてこんなふうになってしまったのか。陸はまるで、無限の迷路に迷いこんだような気がした。

「あ、あんた……秋信が、好き……なんだろ……？」

陸の指摘にも、理津子は大人の余裕を崩さない。近寄られると、微かに香水の匂いがした。

「ええ、専務のことは尊敬しております」

「尊敬とかじゃなくて！　秋信に言われたから、俺と……！」

言いかけて陸は泣きそうになった。こんなのは惨めだと思った。

けれど本当に惨めな思いをしているのは、陸ではなかった。

「でも秋信さんが好きなのは」

ネイルアートを施された理津子の指先が、すっと陸の顔を指す。

「あなただから」

「――――え？」

陸は、凍りついたように目を見開いて理津子と秋信の顔を見比べた。秋信もまた、余裕の笑みを崩さない。

「もちろん好きですよ。陸さんは親父さんの大切なお孫さんだ」

『完璧な答え』を返されて、陸は切なく目を眇《すが》めた。

きっとそれが真実だろうと陸も思う。

だから理津子がそれを言うのはおかしい、と。

秋信の言う「好き」は、あくまでも人間的な意味での「好き」だろう。

まともな会話はそこまでで中断された。いつになく秋信は行為を急《せ》いていた。暴れる陸を軽々と抱き上げ、ベッドに転がし、下半身を裸にさせる。

「や、嫌、だ……！」

「なぜ拒むんです？」

低く甘く響く声で、秋信が問う。

陸の耳元に、唇が寄せられる。

「親父さんに曾孫の顔を見せてやりたいんでしょう？　泣いたら駄目じゃないですか」

「泣いて、なんか……」

泣いてなんかいない、と言いかけた陸の頬を、秋信は指で拭った、そして、その指先を濡らす透明な雫《しずく》を口に運んで舐め取った。

下半身を裸にされた陸を、秋信はベッドの上で後ろから膝抱きにした。体格差があることから、そうして抱かれると陸は子供のようだ。

ふにゃりと頼りなく萎《な》えた陸のペニスを、秋信は後ろから掴んだ。

「勃《た》たせてやれ」

秋信に言われて、理津子がベッドに寝そべる。キングサイズのベッドは、大人三人が乗ってもまだ余裕があった。

理津子は髪を掻《か》き上《あ》げて、陸の股間に顔を寄せる。熱い息が触れた後、ぬるりと熱い口腔が、陸のペニスを包みこむ。

「う……ゥ……ッ！」

陸は歯を食いしばり、四肢を突っ張らせた。

口に含んだものに、理津子は丁寧に舌を絡め、舐め啜《すす》る。時折口から出して、手で扱《しご》いたりもする。

（気持ち悪い……！）

理津子の手前、決して口には出せなかったけれど、陸は強烈な嫌悪感だけを抱いた。陸が知っているのは、秋信の口だけだ。それ以外は知りたくもないのだ。

陸のものが一向に勃起する兆しを見せないことに、理津子は困った顔をして秋信を見上げた。

「どうします？」

秋信が、陸を押さえていた腕を外した。

「俺がやろう」

その刹那《せつな》、陸はベッドから転がるように降りてドアへ走ろうとした。下半身が裸だろうと、構わなかった。

秋信が怖かった。秋信から、逃げたかった。

が、敢《あ》え無《な》く秋信の腕に掴まり、ベッドに引き戻される。睦言を囁くように、秋信が囁く。

「どこへ行くんです？　そんな格好で」

「やめろ……嫌だ、本当に……！」

本当に、嫌だった。こんなことは、異常だ。たとえ理津子が納得していたとしても、許されることではない。

そう言い募る陸を、秋信は冷たく嘲笑《あざわら》った。

「もともと、貴方が望んだことでしょう？　愛なんかなくたって子供は作れる」

「もういい！　もう、こんな……！」

人を巻きこんで、傷つけてまでする意味はないのだと陸は言いたかった。自分が間違っていたのだと。

なのに秋信は、奇妙なまでの頑《かたく》なさで陸を追いつめる。

「今更そんなことを言われても、遅いんですよ」

「ひぁっ……！」

後ろから股間のものを握られて、陸は総身を強張《こわば》らせた。秋信はそのまま陸の性器を扱き上げる。

(だめだ……だめ、なのに……！)

女にされた時は終《つい》ぞ感じることのなかった快感が、陸の躰にぞくぞくとたち上る。

女の唾液で濡れたそれが、秋信という男の手の中で大きく硬く反り返っていく。

「ほら、勃った」

「あンぅっ！」

痛いほど張り詰めた先端をピンと指で弾かれて、陸は拙《つたな》い喘ぎ声を漏らした。秋信は、理津子に目で合図した。

それを見て取った理津子は、下着を脱いで全裸になった。ベッドの上で四《よ》つん這《ば》いになり、白く艶やかな尻を陸と秋信に向ける。柘榴《ざくろ》のような紅い割れ目が、陸の眼前に曝される。

酷く淫猥《いんわい》なその光景から、陸は目を逸らした。

秋信の意図はすぐに理解できた。陸を抱えて背中から理津子に覆《おお》い被《かぶ》らせ、挿入させる気なのだ。

「あ……ァ……」

秋信に腰を押さえられ、勃起したものを摑まれて、陸は震えた。

自分が言い出したことなのに、これからさせられることに対してはただ嫌悪しか感じられなかった。

「い、やだ……嫌だぁっ！」

理津子の尻にペニスの先を触れさせられた途端、陸は身も世もなく泣き叫び、暴れだした。これではいくら秋信でも、挿入はさせられない。

「そんなに暴れたら、何もできないですよ」

「しない……っ……したく、ない……嫌だっ、絶対、嫌だ……っ！」

頑是《がんぜ》無い子供のように暴れ続ける陸を見て、理津子が興醒《きょうざ》めしたような顔になる。

「今日は、無理そうですね。日を改めますか」

「いや、やる」

理津子の提案を、秋信は一蹴した。

「ローションを持ってきてるか？」

秋信が聞くと、理津子は黙ってバッグからローションの瓶を取り出した。それが一体何に使われるのか、経験の浅い陸にはわからなかった。

秋信は理津子の手から受け取ったローションを、手のひらに垂らした。そのままそれを、陸の尻孔へも垂らす。

「ひ……!?」

なんで、そこに……と問う必要はなかった。陸の純潔は、すでに秋信によって破られている。

「決まってるでしょう」

愉しげに、秋信が言う。

「お仕置き、ですよ。言うことを聞かない悪い子にはね」

「う、ぁ……ぁ……」

胸だけをシーツにつけた姿勢で腰を高く掲げ、両手首は秋信の片手で押さえられたまま陸は震えた。

秋信が、怖い。怖い。何を考えているのかわからなくなる。秋信が「悪い」と自分を責めるなら、自分こそが悪なのではないかとさえ思えてくる。

恐怖で、陸の胸がいっぱいになる。肉食獣に睨まれた獲物のように動けなくなる。

着衣を直しながら、白けた口調で理津子が聞いた。

「わたし、ここにいたほうがいいのかしら」

「ああ。見ていろ」

わざと秋信はそう言った。そうするほうが、陸に与えられる衝撃が大きいことを計算した上で言ったのだろう。

陸の小さな孔が、秋信の指によってくじられている。一週間前、滅茶苦茶にされたばかりだというのに、陸の孔は傷ついてもいなかった。

あの夜も秋信の愛撫は巧みだった。

あの太いものをぶちこむために、様々な手管《てくだ》で陸を可愛がった。決して性器ではない、陸の小さな孔が壊れないように。

その結果陸は、裂けることもなく秋信を呑みこんだ。あまつさえ、初めてのアナルセックスで感じたのだ。

「や……だ……あ、きの……や、だ……あぁっ……」

クチュ……ヌチュ……と濡れた音が響き始める。人差し指と中指が、陸の中でばらばらに動かされている。きつく閉ざされていた皺が、柔らかく拓かれる。

理津子がそれを、冷ややかに見つめている。

「あ……見な……っ……見な……ぃ、で……っ……」

喘ぐ合間に陸は哀願した。

こんな姿を、女性に見られたくなかった。しかし彼女は秋信の言うことしか聞かない。秋信が見ていろと言えば、目を逸らさない。

やがて指が引き抜かれ、秋信のものが陸の後孔に押し当てられる。ずぐ……と硬い肉を割る感触が、陸を貫いた。

「ひ、ぅっ……！」

そのままずぶずぶと、太い茎が陸の尻に沈んでいく。陸は口を開け、息を吐き、無意識にそれを受け容れる。

「あ、あ、ぁぁ……ッ……」

自然と涙が溢れた。

恥ずかしいのと悲しいのとで、胸が潰れそうになる。なぜ秋信はこんな酷いことをするのか、皆目《かいもく》理解できなかった。

秋信は根元まで陸の中に収めると、また陸を後ろから膝に抱いた。もちろん、繋がったままで。

「ほら……」

と、秋信は陸の両膝を後ろから抱え、陸の恥部を露にさせる。

「入れられて、感じている」

陸の自重も手伝って、秋信の陰茎はさらに奥深くまで陸の中に入ってくる。そして、陸のものははっきりと、快感を示してそそり立っている。

「悪い人だな、陸さんは」

「ンあぅっ！」

そそり立つものをしゅっとこすられて、陸は身を捩る。前をこすられた途端、後孔で秋信を締めつける。

「こうして後ろを犯されていれば、陸さんは萎えないでしょう？」

残酷なことを、秋信は促した。

「理津子、このまま陸さんのものをおまえの中に……」

「嫌ッ、嫌だぁっ！」

貫かれたまま陸は、遮二無二《しゃにむに》抵抗した。それも秋信の予想通りだったのだろう。秋信は、満足そうに微笑んだ。

ただしその笑みは、酷く歪んでいた。

「仕方ありませんね……」

秋信は陸を四つん這いにさせて陸の尻を摑み、律動を始めた。一週間前にしたのと同じように、浅く、深く、陸を犯す。

「ひぅっ……ぃ、あぁっ……！」

「せめて射精するところを、理津子にも見せてやればいい……」

秋信は陸の片足を持ち上げさせ、結合部分と陸のペニスを露にさせる。秋信に突き上げられるたびに、陸のペニスがぴたぴたと下腹に当たるほど激しく揺れている。

「やぁ……あ、やぁ……で、出……ちゃ……ァ、ぁ……！」

陸の雄蕊は、弄られなくても先端から蜜をしとどに溢れさせていた。揺らされるたびに、飛沫《しぶき》が飛び散る。

後ろの快感だけで射精させられる様を、陸は理津子に見られた。理津子の目の前で、秋信に犯され、射精した。激しく飛んだ白濁液は、理津子の美しい顔にまでかかった。理津子はそれを、淡々とティッシュで拭った。


事が終わり、秋信がシャワーを浴びている間、陸はベッドで蹲《うずくま》っていた。もう逃げる気力も、取り繕う気力もなかった。ただ悲しくて、惨めだった。

理津子はソファに腰掛け、テレビを見ている。陸を顧みようとはしないし、声をかけるそぶりもない。

　慰めなど欲しくはないが、陸は純粋に、理津子のことが不思議だった。こんな狂宴につきあうこと自体、おかしい。

「……あんた」

　ようやく少しだけ平静を取り戻し、陸はベッドの上から尋ねた。

「なんで、こんなことにつきあうんだよ？」

　テレビの音が煩《うるさ》かった。まるで面白《おもしろ》くもない場面で笑う観客の声が響く。それにかぶせて、理津子が答える。

「さあ？　良い御縁だと思ってますけど。会長のお孫さんですし」

　そう言うことが彼女にとって、精一杯の意趣返しだったのだろう。そう言う他に、なかったのだ。

　その心情が陸には痛いほど理解できる。

　秋信には、抗い難い魅力がある。多分彼女も、それに囚われたのだ。

　バスルームのドアが開き、腰にバスタオルを巻いた秋信が出てくる。犯されたままの姿でいる陸を、残酷な笑顔で促す。

「陸さんもシャワーを浴びて下さい。お望みでしたら、そのまま帰っても構いませんが」

「…………」

陸は無言でのろりと起き上がり、バスルームへと向かった。躰のあちこちが、まだ軋《きし》んでいた。

コックを捻《ひね》り、熱い湯を頭から浴びる。秋信の痕跡が、匂いが、躰から落ちていく。

あれほど好きな、秋信の匂いが。

陸は、声を殺して泣いた。

# 6

講義が終わった夕方。陸《りく》は、大学の玄関を出て空を見上げた途端、溜め息をついた。

雨は今にも雪に変わりそうで、空気は肌を斬るように冷たい。暦の上では弥生《やよい》に入り、少し温かくなったと油断した途端にまた寒さがぶり返した。

（今日は、秋信《あきのぶ》が……）

秋信が大学まで迎えに来ると言っていた。後五分ほどで着きますと、さっきメールが来た。

秋信はこのところ、毎日陸を迎えに来る。以前からまめな性格ではあったが、先週の『こと』があって以来ますます陸を構うようになった。

（構うっていうか、あれは……）

パラパラと地面にぶつかる水滴を、陸は見つめた。

ほんの少し前までは、秋信に構われていることがうれしかった。仕事で忙しい秋信を、少しでも独占していたかった。

今はそれが、逆転していた。『構う』というより、これじゃあ監視されているみたいだと陸は思う。

（無理ないか）

秋信は陸の考えを、かなり正確に読む。陸が今、秋信から逃げ出したいと思っていることくらい、とっくにお見通しだろう。

昨夜秋信は、冗談めかして陸に尋ねた。

『私から、逃げたいですか？』

陸は答えられなかった。

『逃がしませんけどね』

秋信は身を屈《かが》め、陸の首筋にキスをした。それが冗談などではないという証だった。

もう一つ、陸には気がかりなことがある。

守雄《もりお》の手術が、成功したのだ。

放射線による治療の予後もいい。だいぶ痩せたものの一命を取り留めた守雄は、麻酔が切れてしばらくした後、陸に言った。

『まだ死ねんなあ。曾孫の顔も見とらんし』

これで陸の『今すぐ結婚しなければならない』理由は当面なくなった。

守雄はもともと、頑迷な人物ではない。最初に曾孫の顔が見たいと言ったのは、余命が残されていない、という極限の状態だったからだろう。そうでもない限り、そんな無茶は言わない。

守雄が快復に向かっていること自体は、陸もとてもうれしい。本当に、涙が出るほど安堵した。初めて目には見えない何かに、感謝もした。

（でも、もう元には戻れない）

きっかけは確かに守雄のことだったけれど。

陸は、秋信との関係が確かに変質してしまったことを実感していた。

あれからセックスはしていない。陸は、部屋に鍵をつけた。あの広い家には、二人だけだ。

怖いのだ。秋信が。

陸は、身を斬るような寒さの中で目を伏せた。

秋信のそばは、温かかった。居心地がよかった。どこよりも、誰よりも安心できる場所だった。

（俺が）

いつ、どこでボタンを掛け違えたのか。

（望んだからか）

陸にはそんな気がしてならなかった。陸は、望んでいた。秋信を、完璧な形で独占することを。躰を繋げることさえも。

秋信は、怖ろしいほど陸の心を正確に読む。

自分が望んだから秋信はそれを実行したのではないか。そんな疑念にさえ、陸は捕らわれていた。

あと一、二分もすれば、秋信の車が目の前に広がっている大学の駐車場に着くだろう。

(会いたくない)

今は、秋信に会いたくない。秋信が、怖い。

(今は……一人になりたい)

陸の足が、そろりと一歩前へ出る。初めて陸は、秋信から逃げた。秋信のベンツが駐車場に着いた時、陸の姿はもう大学構内にはなかった。


その足で地下鉄に乗って、陸は新宿《しんじゅく》へと向かった。秋信の追跡から隠れるには、人が多い場所がいいと思ったからだ。

(もっと遠くへ行ければいいんだけど)

遠くへ行きたくても、陸には手持ちの現金があまりなかった。秋信は必要以上には陸に現金を持たせてくれない。必要な物は大体秋信が選んで買ってくれた。カードは持っているが、陸が家出をしたと気付けば、秋信はすぐに止めるだろう。

(まさか、とは思うけど……)

陸は秋信が自分に現金をあまり持たせないことは、教育的配慮の一環だと信じていたけれど。

本当は、『遠くへ行かせないため』の措置《そち》だったのではないか。そんな疑念が、湧き起こってくる。

現在、陸の手持ちの現金は一万円程度だ。

都内には三千円台で泊まれるカプセルホテルも多数存在するが、陸はカプセルホテルの存在を知らなかった。

それに、どれくらいの間秋信から逃げていられるかも曖昧《あいまい》だ。そう長く逃げ続けられるものではないことは、陸もわかっている。

(ネットカフェか、二十四時間営業のファミレスかファストフードかな)

今夜の宿に大体の目星をつけ、陸は雑踏《ざっとう》を掻き分け、街の奥へと進んだ。

最初に入った、新宿駅西口近くのファストフード店で夜まで時間を潰し、陸は次に東口方面のファストフード店に移動した。新宿や池袋《いけぶくろ》ならば、少しのお金があれば何日でも漂っていられる。横になって眠ることはできないが、机に突っ伏して仮眠を取ることはできるし、漫画喫茶に行けば最近ではシャワーも浴びられる。無宿の者にとっては、ありがたい状況だった。

二軒目のファストフード店に辿り着いたのは、午後十一時近くになってからだった。コーヒーを買って二階席に上がった陸は、窓際の席に見覚えのある長い黒髪を見つけた。

（あれ？）

陸は入り口で足を止め、その後ろ姿にじっと見入った。ゴシックロリータというのだろうか。黒いレースのたくさんついた服を、あの日も着ていた。一度見ただけだが、顔も格好も、陸の印象に強く残っていた。

長い髪が横顔を少し隠しているが、あの日と同じ服だったから見間違えずに済んだ。俯いて、ケータイを弄っている。

（確かあの子、秋信の妹の……）

この前、車の前にいきなり飛び出してきた少女だった。

見た目は高校生くらいに見えるが、秋信によると陸と同い年のはずだから二十歳のはずだ。名前は、春花《はるか》だと聞いた。母親の違う、異母妹だと言っていた。

陸の視線に気づいたのか、春花はケータイの画面から顔を上げ、陸を振り返った。視線が、ぶつかった。

声をかけるべきか否か、陸は迷った。コーヒーを手にしたまま立ち尽くす陸を、春花がじっと見つめている。

否、見つめているというより、睨んでいる。あの日とまったく同じ、憎しみのこもった眸《ひとみ》で。

(なんで睨むんだろう)

あの時もそうだった。車の前に飛び出してきた春花は、最初、陸を睨んでいた。機会があったら理由を知りたいとずっと思っていたが、秋信がそれ以上春花の話をしたがらなかったため、有耶無耶《うやむや》になっていた。

先に口火を切ったのは、春花のほうだった。春花は傍《かたわ》らに置いていたキャリーバックを引き摑むと、厚い靴底をつかつかと鳴らして陸に近づいた。陸は思わず、ぎょっとした。

「場所、変えるわよ」

「え!?」

腕を摑まれ、唐突に言われ、陸はコーヒーを落としそうになった。が、春花は構わす、陸の手を引いて階段を降り始める。

「ちょ、待っ……!」

いくらなんでも相手は女の子だから、力で負けることはない。本気になれば、振り払うことくらいはできる。

なのに陸は、引きずられるままに店を出てしまった。春花の強引さは、秋信に似ていた。陸に有無を言わさない、妙な迫力があった。女の子にまで引きずられている自分を、陸は情けなく感じた。

場所を変えて行き着いたのは、東口から靖国《やすくに》通りに出てしばらく行った場所にある公園だった。

都心とはいえ、夜中の公園にはさすがに人影もなく、不気味な雰囲気を醸《かも》し出している。

春花に促されて、陸は公園のベンチに座った。

陸の隣に、足を投げ出すように腰掛けて、春花は話し始めた。

「あんたとは一度、じっくり話したいと思ってた」

そのこと自体は陸も望んでいたから吝《やぶさ》かでないが、春花の迫力は内心怖ろしく、また刃物を出されたらどうやって逃げようかと陸は考えていた。

春花は陸に目を向けず、真っ直ぐに地面を見つめたまま言った。

「あんたのせいでお兄ちゃんは帰って来なくなった」

「…………」

そうか、とも、ごめん、とも言えず、陸は黙って話を聞いた。

「いつまでお兄ちゃんを縛りつけるつもり？」

「……秋信に言えよ」

陸は、思いの外怒りを感じている自分に気づいた。こんなのは、理不尽だと思った。陸はその瞬間、春花への恐怖も忘れた。

「そんなのは、秋信が決めることだ。俺は、無理強いなんか……！」

「無理強いしてるも同然でしょ」

長い髪を掻き上げて、吐き捨てるように春花が言う。天空には月もなく、星もない。オゾンは厚く濁り空を見せない。

「二十年以上前のことで、親子二代で縛りつけて。卑怯《ひきょう》って言うんだよ、そういうの」

「………え？」

意味がわからず、陸は目を瞬《しばた》かせる。それから、急いで頭の中で今言われたことの意味を考えてみる。

（親子二代、っていうのは、俺の父さんのことを言ってるのか？）

陸の父、海《かい》のボディーガードを、秋信が過去に務めていたことは知っている。その当時秋信はわずか十五歳だったはずだが、写真を見る限りでは非常に大人びていて、当時二十一歳だった海を守るのになんの不都合《ふつごう》もなさそうだった。

春花はそのことを言っているのだろうと陸は合点《がてん》した。

「それは仕事だろ。秋信が自分の意思でしたことじゃないか。なんでそれを、今更……！」

仕事に熱中し過ぎて家に帰らなかったことを怒る気持ちはわかる。けれど、その怒りの矛先《ほこさき》を向けられるのは理不尽だと陸は言いたかったのだ。

しかし、春花はそれを最後までは聞かなかった。陸の顔を、思い切り平手で叩いて会話を中断させた。

「変態！」

「な……ッ」

その誹《そし》りには、さすがに陸も鋭く反駁《はんばく》した。

「なんでそんなこと言われなきゃなんねーんだよ！　ふざけんな！」

まさか春花は、陸が秋信と寝たことを知っているのかとも思ったが、どうやらそうではないらしい。

彼女が憤《いきどお》っているのは、二十年前のことも含めてのことだ。

「あんたの父親のほうが先に、お兄ちゃんを誘ったんでしょ！　その父親が死んだら、あんたが……！」

「ま、待て……」

父親のことを言われて、陸は戸惑った。

「誘った、って、なんだよ……？」

はっ、と春花は冷笑を漏らした。

「寝たんでしょ、うちのお兄ちゃんと」

（それは……）

俺のことではないのか、と陸は心臓を不穏《ふおん》に高鳴らせる。別人である可能性など、考えたくもないことだった。

春花が、とどめを刺すように言った。

「二十年とちょっと前、あんたの父親はうちのお兄ちゃんと寝たのよ。なのにあんたの父親はお兄ちゃんを捨てて、女と駆け落ちした」

一瞬、目の前が真っ白になった気が陸はした。まさか、と何度も頭の中で念じる。

（父さんが……秋信と……!?）

二十年前といえばちょうど陸が生まれた当時で、秋信は十五歳、陸の父は二十一歳くらいだったはずだ。

陸が生まれた前後なら、同じ年の春花だってちょうど同じ年齢ではないか。そう思い至って陸は矛盾を指摘した。

「なんであんたが、そんなことを知ってるんだよ？　二十年前って言ったら、あんただってまだ生まれてないか、生まれた直後くらいの……」

「父親から聞いたのよ。秋信兄さんは柴崎《しばざき》んところの小僧に誑《たぶら》かされたんだ、って」

「嘘だ！」

春花が嘘をついているのだと陸は信じたかった。少なくとも陸の両親は、愛し合っていた。そこに秋信が入る隙間《すきま》があったとは思えない。

陸の脳裏に、最悪の想像が浮かんだ。

（秋信が……）

秋信の力は強い。言葉は巧みで、人を信じさせる能力にも長《た》けている。

（俺に、したみたいに……？）

もしも自分がされたようなことを、亡き父もされていたのだとしたら。

父が家を出て駆け落ちをした真の理由が、守雄との確執《かくしつ》ではなく、隠された別の理由だったのだとしたら。

考えれば考えるほど、陸は怖くなる。秋信の、底の知れない『真実』が。

陸は踵《きびす》を返し、その場から逃げ出した。もうこれ以上、春花の言葉を聞いていたくなかった。


夜道を走り、陸はその晩を新宿から一駅離れた新大久保《しんおおくぼ》にあるファミリーレストランで過ごした。新宿の近辺をうろついていたら、春花に会いそうな気がして怖かったからだ。

まんじりともせずに夜を明かし、始発電車が動き出すのと同時に陸は電車に乗った。このまま街を彷徨《さまよ》い続けたかったけれど、それではなんの解決にもならないと悟った。

秋信に会って、真実を聞きたかった。

電車を乗り継ぎ、世田谷の自宅に戻ったのは午前六時過ぎだった。昨日、ちゃんと家に帰って就寝していれば、この時間なら秋信はまだ寝ているはずだ。

という前提だが。

ディンプルキーを回し、玄関のドアを開けると、秋信がそこに立っていた。パジャマではなく、昨日と同じスーツ姿で。どうやら一晩中、陸を待っていたらしい。

「どこへ行ってたんです？」

ドアを閉める陸に、静かに秋信が聞いた。

声は静かだが、怒っているのは伝わってくる。

「無断外泊とは、穏やかでありませんね」

「……話がある」

ドアのほうを向いたまま陸が言うと、秋信もすかさず切り返す。

「私も陸さんに言いたいことがありますよ」

二人は険悪な雰囲気のまま、リビングへと向かった。まだ仄暗《ほのぐら》く、朝日の差しこまない部屋で、二人は向かい合って座った。

陸が先に話し始めた。

「新宿で、春花さんに会った」

もっと驚くかと思ったが、秋信の表情は変わらなかった。まるでそれくらい、予想していたことだと言わんばかりの無表情だ。

「親父とのことを、聞いた」

「何を聞いたんです？」

変わらない微笑を湛《たた》えている秋信の顔を、陸は真正面から見た。酷く切ない目をして。

「親父と……寝たんだって、聞いた」

「そうですか」

まったく動じず、悪びれることもなく、秋信は答えた。そのことが陸には、信じられない。

「嘘……じゃない、のか……？」

「嘘をつくこともできますけどね」

これも淡々と、秋信は言う。

「もう、嘘をつく必要もないかと思いますから」

「どういう意味だよ？」

震える声で陸が尋ねると、秋信は笑って言った。

「あなたはもう、私から逃げたりはしないでしょう」

「…………！」

眩暈《めまい》がした。秋信のあまりの傲慢《ごうまん》さに、陸は目の奥が熱くなった。

秋信はやはり、すべて知っていたのだ。陸の気持ちを。ずっと秋信を愛していたということを。

「は……」

自然と、乾いた笑みが零れる。と同時に、涙も溢れた。

「何……言ってん、だよ……」

「事実だけを」

秋信は断言する。自分は事実しか言っていないのだと。

陸はそのまま部屋から出て行った。秋信は引き止めない。引き止めなくても、陸が逃げないと確信しているからだろう。

だが陸は、逃げ出す覚悟を決めていた。理由は、誰にも言えなかった。


一旦部屋に引き上げ荷物を纏《まと》め、陸は階下へと戻った。階下とは言っても、リビングには立ち寄らない。そのままその足で、玄関へと向かう。

「どこへ行くんです」

秋信が、後ろから声をかけてくる。陸は一言、冷たく答えた。

「出て行く」

「出て、どこへ行くんです？」

「住みこみの仕事でもなんでも探すよ。俺は」

振り向き様《ざま》に陸は、射るような視線で秋信を睨《ね》めつけた。

「おまえのいない場所なら、どこでもいい……！」

「ずいぶんと嫌われてしまいましたね」

激情のままに陸は、秋信に詰め寄った。もうこれで最後だと思っていたから、すべて吐き出してしまいたかった。

「なんで俺に、そんなに執着《しゅうちゃく》するんだよ！」

背伸びして胸倉に掴みかかってくる陸を、秋信は冷笑を湛えて見下ろしている。

「何に対する復讐なんだよ！　俺の父さんが、おまえに何かしたのか!?」

「さあ」

秋信の手が、陸の両手首を掴んだ。

「覚えてません。昔のことですから」

陸はその手を振り切って、秋信の頬を殴った。

秋信は、よけなかった。鈍い音がした。

踵を返し、家から出て行こうとする陸を、秋信が後ろから抱きしめる。

「力で勝てるとでも思ってますか？」

「うるせえ！　離せ！」

陸は遮二無二《しゃにむに》暴れたが、秋信の言葉は真実ばかりだ。

陸は、秋信には到底敵わない。

けれどもう、陸はどうしてもここにいたくなかった。

秋信が信じられなかった。

秋信が好きでも、好きだからこそ、ここにはいたくなかった。ここにいるだけで陸は傷つく。

「離せ！　離せよ！」

なんとか腕の拘束からは逃れたが、揉《も》み合って勝てる相手ではない。陸は発作的に、キッチンへと飛びこんだ。

シンクの扉を開け、包丁を手に握る。いつの間にか手に汗をかいていて、包丁は滑り落ちそうだった。

「その包丁」

追ってきた秋信が、感慨深そうに呟く。

「私が昔、小指を詰めた時に使った物ですね。懐かしい」

それをわざわざ取っておいて、日常の調理に使っていたのだからやはり秋信はどこか少しおかしかったのかもしれないと、今頃になって陸は思う。

なのに、好きだという気持ちだけは少しも揺らがない自分自身に呆れ果てる。

「そんな物を振り回したら、怪我《けが》をしますよ」

優しく言って、秋信は陸に近づいてくる。刃先を秋信に向けたまま、震える声で陸は凄む。

「近寄るな……」

秋信はまるで動じていない。まったく怯《おび》えてもいない。陸は包丁を手にしたまま、秋信の横をすり抜けようと飛び出した。

が、敢《あ》え無《な》く秋信の手に捕まった。

「嫌だ！　触るな！」

包丁を手にしたまま、しばらく揉み合う。秋信が陸を床に押し倒し、体重をかけて抵抗を塞《ふさ》ぐ。

次の瞬間陸は、包丁を握っている右手に奇妙な感触を感じた。

「―――――え？」

陸は目を見開いた。手のひらに、今まで経験のない肉の感触と、血の温かさがあった。

いつの間にか。

陸が手にしていた包丁の刃先が、秋信の腹に突き刺さっていた。

「……え……あ……」

瞬間、陸は何が起こったのか俄《にわか》には理解できなかった。脳のシナプスが、上手《うま》く繋がらなかった。

僅《わず》か数秒が、永遠の如く感じられた。最初はほんの先端が刺さっていただけの包丁が、ゆっくりと深く、秋信の中に沈んでいく。

弾《はじ》かれたように陸は包丁の柄から手を離す。

陸は、力を入れてなどいない。最初の一撃こそ偶然とはいえ陸の手によるものだったが、それより深く秋信を刺そうなどとは思ってもいない。

陸は、気がついた。秋信がわざと体重をかけ、自ら深くその切っ先を呑《の》みこもうとしていることに。

「や……めろ！」

叫んで陸は、秋信の肩を押し、その自滅的な行為をやめさせた。しかし時は既に遅く、包丁は秋信の腹を深く抉《えぐ》っている。

「あ……ぁ……」

陸は、頭の中が真っ白になった。

秋信が、死んでしまう。本気で、そう思った。包丁を抜こうかと思ったが、迂闊《うかつ》に引き抜いて出血が酷くなったら取り返しがつかない。

(救急車……!)

まずはそれだろうと思い至り、陸は立ち上がった。が、その腕を秋信が血まみれの手で摑んで止めた。

「……行かないで、下さい」

「救急車を呼ぶだけだ!」

怪我をした秋信を置いて逃げたりなんかしない。言外に陸はそう伝えたが、信じていないのか或いは別の思惑があるのか、秋信は離さない。

痛みに脂汗を浮かべながらも陶然とした眸で、秋信は囁く。

「貴方のそばで、死にたい」

「何言ってんだよ! なんで死ななきゃならねーんだよ!」

涙に掠れた声で陸が問う。秋信は一つ大きく息を吐き、自分の血で濡れた手で自分の頬を指した。

「この傷も」

血が、ぬるりと傷の上を滑る。

「ちょうど今と、同じようについた」

陸の目が、精悍《せいかん》な頬に走る一筋の線に釘付けになる。

「あの人が、私に刻んだ」

秋信の言う『あの人』が誰であるかは、もう聞くまでもなかった。

「父さん……か？」

その傷は、父がつけたものであったのか。秋信の告白に、陸は慄然《りつぜん》とした。

二人の間にあったことは、大体想像できる。きっと、自分と秋信との間にあったことが同じように起きていたのだろうと陸は思う。

陸にはそれが、堪《たま》らなく悲しい。それは、つまり。

「俺は……父さんの、代わり……か……」

陸がそう呟いた時、初めて秋信の顔が曇った。初めて人間らしい顔を、秋信がした。

「違……う……」

陸の腕を掴む秋信の力が、徐々に弱っていく。

「今は、違い……ます」

秋信の手が外れた途端、陸は電話へと走った。救急車を呼ぶために。

# 7

病院の廊下は、消毒液と薬の匂いに満ちている。陸《りく》は窓から、外の景色を眺めていた。秋信《あきのぶ》の手術は、さっきようやく終わった。

このまま秋信に会わずに帰るべきか否か、陸は悩んでいた。

幸いにしてこの病院は、守雄《もりお》が入院しているのとは別の病院だ。守雄にはこんなことは絶対に知られたくないと陸は心から思う。

(秋信は、なんで……)

なんであんなことをしたのか。一連の行動が、陸にはまったく理解できない。

幼い頃から陸が知っていた秋信は、大人で、冷静で、あんな理不尽な行動を取るような人物ではなかった。

その秋信が、これほどまでに『豹変《ひょうへん》』したのは、一体いつからだったか。陸は、思いだそうとしていた。

(俺が、見合いをし始めてから……?)

その時期で間違いないはずだった。

それまでの秋信に、おかしな言動は見られなかった。

(秋信、本当に死のうとしたのか……?)

さっき包丁が腹に刺さった時。

秋信は自ら、もっと深くその切っ先を刺そうとしていた。陸が止めなければ、完遂していたかもしれない。

もう一つ、陸には思い出したことがあった。十年前、秋信が陸に言った言葉だ。

『私が悪いんです』

どうして父と母は死んだのか、と問う幼い陸に、秋信はこう言ったのだ。

『そういう時は、私を責めて下さい。いくらでも償いますから』

あれは、単なる慰めだと陸は信じていた。

陸の両親は二人とも病死した。患《わずら》っているところも通院、入院したところも陸は自分の目で見ているから、これは間違いない。

だが、そもそも秋信が『償う』と言ったのが、『それ以前』の出来事に対してのことだとしたら。

(贖罪《しょくざい》の、つもりだったのか……?)

春花《はるか》の弁によれば、陸の父である海《かい》が家を出たのは、秋信との『確執』の所為《せい》だということになる。それを今日、頬の傷の由来《ゆらい》を語ることで秋信は肯定した。
海が家を出た本当の理由は守雄との確執ではなく、秋信との確執だった。否、確執など
ではなく、秋信の行為によるものだとしたら。
(だったら、なんで……!)
自分を、抱いたのか。
償うつもりがあったのなら、なぜあんなことをしたのか。代用か、嫉妬か。
どちらにしろ陸の悲しみは癒えない。
そろそろ麻酔が切れる頃だ。陸は、秋信のいる病室へと向かった。

ベッドに横たわる秋信は、陸が来た途端に顔を上げ、いつもと変わらぬ笑みを浮かべた。

あれほど出血し、顔色は白い紙のようなのに、表情だけはいつもと変わらない。それが陸
には、痛々しく見えた。

「……傷」

ベッドの脇のパイプ椅子に腰掛けて、陸は尋ねた。

「平気か」

「大したことはありません」

明瞭な声で秋信は答えた。陸はしばらく、その場から動けなかった。

『行かないで、下さい』

秋信はあの時、確かにそう言った。血にまみれて、死にそうになりながら、そう言ったのだ。

自分がいなくなったら、秋信が死んでしまうのではないか。陸はそれが怖いのだ。否定できない、打ち消せない感情が陸の心を覆う。

あんなふうに犯されても、陸は秋信が好きだった。どうしようもなく、愛していた。それだけは打ち消すことのできない真実だった。

海に刻まれたのだという傷に、陸はそっと指を這わせた。秋信の頬の、疵痕に。癒すように何度か、指でなぞる。

飼い主に撫でられる猫のように、秋信が目を閉じる。

何から話していいのかわからなくて。

陸は、しばらくそうしていた。できればずっと、そうしていたかった。

「俺は」

陸は、静かに問うた。

「父さんの、代わりか……？」

「違います」

陸の手に、秋信の大きな手が重なる。

「貴方を、好きになるつもりはなかった」

静かに、秋信は語る。

「貴方が他の女のものになるのが、許せなかった。自分から女のものになろうとするのが」

「…………ごめん」

「謝る必要はない。貴方は悪くない」

悪いのは自分なのだと、秋信は言った。

「幻滅《げんめつ》したでしょう、自分の世話役がこんな男で」

「ああ」

正直に陸は答える。秋信は、陸と手を重ねたまま切なく笑う。

「捨ててもいいんですよ。今度は、もう」

そう言いながら、陸の手を強く握る。

「逃がしてあげます」

「子供っぽいよ、おまえ」

「早く逃げて下さい」

本当に、危機に際した時のように。秋信は強く陸を促した。

「でないとまた、おかしくなる」

月に狂って人を襲う怪物のような気分になるのだと、秋信は言う。

けれど、陸が知りたいのは一つだけだ。その一つさえ知ることができれば、他のことはもうどうでもよかった。

「俺は……」

秋信の頬に触れている手が震える。

「父さんの、代わりじゃない、よな……？　おまえは」

ただそれだけが聞きたい。今はそれだけが、知りたい。

それだけで陸は、秋信を赦《ゆる》すことができる。

「ちゃんと、俺を……」

陸がすべてを言い終える前に、秋信はシーツを蹴るようにして上体を起こした。そのままの勢いで、陸の躰を掻《か》き抱《いだ》く。陸の口から、「あ」と小さな悲鳴が零れる。

「傷が……」

そんなに急に動いたら、傷が開く。そう言いかけた陸の唇は、秋信の唇に塞がれた。

「……貴方だけです」

キスの合間、苦しげに秋信が囁いた。

# あとがき

花丸ブラック創刊おめでとうございます。末永く続くように祈願〜。

今回は丁寧語《ていねいご》元ヤクザ攻の坊っちゃん受です。元ヤクザが坊ちゃんに異常執着《しゅうちゃく》して調教《ちょうきょう》してみたりする暴走ラブ話。ヤクザは受でも攻でもいいな！　秋信《あきのぶ》（攻）は過去のあれもあって坊ちゃんのこと好き過ぎて哀《あわ》れ……ちょう哀れ……でも哀れ攻もちょっと萌える……。タイトルの通り、エゴイスティックでエロティックな話です。なんか久しぶりに自分でもいいタイトルつけたと思いました（笑）。

本文についてはあんまり書くとネタバレになっちゃうので、またなんか全然関係ないことを。このあとがきを書く前日に旧《ふる》い友達から「あんたんちのそばに行きたい店があるから夜、つきあって」ってメールがきたのですよ。「いいよ、どこ？」って返事したら、言を左右にしてなかなか店の名前を言わない。その時点で「？」って気付けばよかったのに、ちょうど原稿が終わった直後で浮かれていて、正常な判断力を失っておりました（浮かれてなくてもあんまり正常じゃないですけど)。で、うちのそばで待ち合わせして、さあ行こうか、場所どこ? って聞いたら、なんかはにかみながらケータイを差し出してくる。店の名前と「カウンターだけのバーである」と聞いた瞬間に「……もしかして」と問い詰めたら友達、やっと白状しました。

「レディースバーなの……」と。

レディースバーって、女人《にょにん》禁制の逆で男人禁制のバーです。ここで「女性専用車両みたいなものなのね」と思ったあなたはとても心がピュアだと思います。そのままでいて下さい。しかしわたしはピュアじゃないので即座につっこみました。

「それはつまり、女同士のハッテン場ってことか」

友達はえらいことムキになって否定します。

「違う! 女性だけで楽しくお話するだけ! そんなあやしい場所じゃないの!」と。「欺瞞《ぎまん》だろうそれは」とは、流石《さすが》に店の前まで来たら言えず、楽しいひとときを……うん、まあ、女性客だけだし、いきなり「や ら な い か」的な進展はないからいいんですけど、ってそこまで辿《たど》り着いてやっとわたしは思い出しました。連れが女の子と『同棲《どうせい》』していることを。そして十年くらい前にも「新宿《しんじゅく》で飲もう」と誘われて行った店に、なぜか女性しかいなかったことを……。

一応念のため、「おまえはわたしを口説《くど》く気が少しでもあるのか」と尋ねたら、それはさっき以上に強固に否定されました。よかったです。しかし、ノンケの人間があいう店にいるのは大変に気まずいです。出会いを求めて来てる人がわたしに話しかけたって、完全に無駄撃ちになっちゃうしねえ……。幸いそういう店でモテたことないので杞憂《きゆう》っちゃ杞憂ですけど。ある意味ゲイ（男同士）のハッテン場に迷いこむよりも厳しい……妙に優しい空気が厳しい……。いっそゲイの男性に「ここはおまえが必要とされることは絶対にない場所だ、ゴーホーム！」って言われたほうがすがすがしい……。

仕返しに友達を「オタクバー」に連れて行ったところ、わたしと同じ居たたまれない空気を味わったようでああよかった。これでおあいこです。わたしはオタクバーでたくさんのフィギュアに囲まれて、大変楽しく過ごしました。

ではまた次の本でお会いしましょう。

作家・イラストレーターの先生方へのファンレター・感想・ご意見などは
〒101-0063東京都千代田区神田淡路町2-2-2
白泉社花丸編集部気付でお送り下さい。
編集部へのご意見・ご希望などもお待ちしております。
白泉社のホームページはhttp://www.hakusensha.co.jpです。

花丸文庫 BLACK
# エゴイスティック・エロティック

2008年6月25日　初版発行

著　者　水戸 泉 ©Izumi Mito 2008
発行人　藤平 光
発行所　株式会社白泉社
〒101-0063 東京都千代田区神田淡路町2-2-2
電話 03(3526)8070[編集]　電話 03(3526)8010[販売]
印刷・製本　株式会社廣済堂
Printed in Japan　HAKUSENSHA
ISBN978-4-592-85027-4

定価はカバーに表示してあります。

●この作品はフィクションです。
実在の人物・団体・事件などにはいっさい関係ありません。